(Pour la Bibl. [illegible])

Cette brochure remarquablement pensée et écrite, m'a été donnée par l'auteur qui possède à Genève, grâce à plus d'un million de fortune, l'une des plus belles bibliothèques particulières d'Europe, dans laquelle on voit un groupe de Canova, (grandeur naturelle,) ayant coûté 18,000 florins, (36,000 ff.) encore grâce à l'intervention de Canova, qui une fois l'achat fait, voulut retoucher tout son travail ouvrage de sa jeunesse, mais qui n'en est pas moins admirable. Mr Favre Bertrand est le banquier le plus libéral de Genève; il donne en hyver plus de 25,000 ff. aux pauvres.

Achille Jubinal

DE LA

Littérature des Goths.

DE LA

LITTÉRATURE DES GOTHS.

Tiré de la Bibliothèque Universelle de Genève.
(Juillet 1837.)

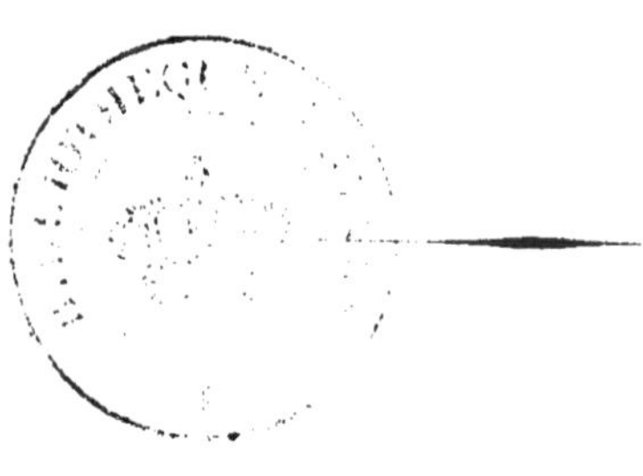

GENÈVE,
IMPRIMERIE DE LADOR ET RAMBOZ,
Rue de l'Hôtel-de-Ville, 78.

1837.

DE LA

Littérature des Goths.

Il y a bien des années, qu'en rendant compte dans la *Bibliothèque Universelle*[1] d'une des découvertes faites par l'abbé Mai, nous donnâmes quelques détails sur la langue et la littérature des Goths. Nous cherchâmes à établir que cette nation eut dans sa langue un nombre d'ouvrages et d'auteurs bien plus considérable qu'on ne le croit communément. La version gothique de l'Ecriture-Sainte était alors le point de départ de nos recherches, et maintenant nous les reprenons sous le rapport de la littérature profane. Sans doute nous ne pouvons espérer d'en retrouver les monumens originaux, mais nous en poursuivrons les traces dans les histoires et dans les poésies du moyen âge : nous montrerons que des poëmes et des récits de diverses formes et en diverses langues, qu'on trouve chez une grande partie des peuples de l'Europe, doivent leur origine aux chants héroïques que les

[1] *Bibl. Univ.*, mai 1821.

Goths composèrent aux temps d'Hermanaric, d'Attila et de Théodoric.

Dans l'article de la *Bibliothèque Universelle* que nous venons de rappeler, nous avons fait mention de quelques monumens gothiques, ayant rapport à des transactions de la vie civile, et si l'on pouvait s'en rapporter à un écrivain goth du sixième siècle, qui abrégea l'histoire que Cassiodore avait composée d'après les auteurs et les documens originaux [1], nous ferions remonter jusqu'au temps de Sylla la culture littéraire des Goths. C'est alors, suivant Jornandès, qu'un philosophe appelé *Dicenæus* vint s'établir dans leur pays, enseigna les sciences, adoucit les mœurs et donna aux Goths des lois qu'ils conservèrent par écrit [2]. Mais on ne peut ajouter foi à ce témoignage, car Jornandès, cherchant à relever sa nation, lui attribue assez souvent des faits qui appartiennent à d'autres peuples [3].

On peut croire avec plus de certitude que de grands ouvrages d'histoire furent composés dans la langue des Goths. *Ablavius*, *Athanarid*, *Eldelwald*, *Marcomir*, etc., sont nommés comme historiens de cette nation par Jornandès et le géographe de Ravenne : la destruction totale de leurs écrits est une forte raison de penser qu'ils avaient employé leur langue nationale.

[1] Cassiodor., præf. ad lib. I, *variar.*—*Variar.*, lib. IX, epist. 25.

[2] Jornand., *de reb. Get.* XI : Dicenæus.... nam æthicam eos erudivit,...... naturaliter propriis legibus fecit, quas usque nunc conscriptas Bellagines nuncupant. — V. Wachter., *Glossar.* — Ihre, *Glossar.*, *Suio-Goth.* — Ducange, *Glossar. inf. latin.*, pp. 1098-1166. — Walhberg, *de philosoph. veter.*, *Suio-Goth.*, p. 19, not. (h). — Lund., *Zamolx*, p. 68.

[3] J. G. Eccard, *de orig. Germanor.* § 108. p. 256. — Strabon (lib. VII, p. 298-301), parle de Dicenæus comme dirigeant le roi des Gètes.

C'est par la poésie, et surtout par les chants, que les peuples barbares conservent le souvenir des événemens. C'était là les seules annales des anciens Germains, qui célébraient dans leurs vers les dieux, les héros et l'origine de leur nation [1]. Ils avaient aussi des chants de guerre destinés à animer les combattans [2]. Les Romains, étonnés de la rudesse de ces voix et de ces idiomes, les comparaient aux cris des oiseaux [3], et comprenaient avec peine que ces rauques accens pussent produire quelque émotion.

Les Goths, les Vandales, les Gépides [4], les Lombards [5], les Bourguignons [6], étaient des peuples de même origine et qui parlaient la même langue. Les Lombards eurent, au sixième siècle, des poésies qui furent répandues dans toute l'Allemagne et qui célébraient les hauts faits d'Alboin

[1] Tacit., *Germ.*, 2 : celebrant carminibus antiquis, quod unum apud illos memoriæ et annalium genus est, Tuistomen Deum.... et filium Mannum, originem gentis. — Tacit., *Annal.* II, 88.

[2] Tacit., *Germ.* 3 : carmina..... quem Barritum vocant, accendunt animos....

[3] Tacit., *Hist.* II, 22 :.... Cantu truci...

Julian. Misopog., init. : enimverò barbaros eos qui trans Rhenum incolunt, vidi, rustica carmina (αγρια μελη), verbis facta similibus clangorum, quos aspero clamantes aves edunt, studiosè amplecti et carminibus delectari.

Sidon., Apollin., carm. XII, p. 388, ed. Sirmond :

...Et Germanica verba sustinentem
Laudantem tetrico subindè vultu
Quod Burgundio cantat esculentus.

[4] Procop., *Bell. Vandal.*, I, 2. — Paul. Diacon., continuat Eutrop., lib. XIV, p. 94.

[5] Paul. Diac., *ibid.* — Theoph., p. 81. — Cedren. I, p. 342. — Zanetti, *del regno dei Lombardi*, p. 17. — Grotius, *proleg. in hist. Vandal.*

[6] *Agath.*, I, p. 14. — Quelques mots de la langue des Bourguignons qui ont été conservés, s'expliquent fort bien par le mœsogothique. V. Amm. Marcell., XXXVII, 5. — Junii, *Gloss. Goth.*, pp. 221-297. — Wachter., *de ling. Codic. Argent.*, p. 64-65.

leur roi [1]. Elles avaient le caractère épique et devaient ressembler à nos poëmes de chevalerie, car on croit retrouver chez les Lombards des traces de cette fameuse institution. Ainsi Alboin, vainqueur des Gépides et de Torismond fils de leur roi, ne put s'asseoir à la table de son père, avant d'avoir été *armé* par un roi étranger [2]. Il alla à la cour du roi des Gépides, fut admis à sa table, malgré le souvenir douloureux du coup qu'il avait frappé, et reçut les armes de Torismond des mains de son malheureux père. Alboin revint dans le camp des Lombards et dès lors mangea avec Audoin [3]. Cette aventure, qu'Alboin raconte lui-même [4], forme dans l'histoire de Paul Warnefrid, un épisode d'un caractère particulier et tout à fait poétique. Il rappelle le passage de la romance du Cid, où Don Diégo, vengé par son fils, l'invite à manger avec lui [5]. Les nations gothiques gardèrent sans doute, en Espagne, plusieurs des coutumes qu'elles avaient eues dans la Pannonie et sur les bords du Danube. Les habitans de l'île de Gothland ont longtemps conservé un récit rimé, racontant l'émigration et les aventures des Winili, nation des bords de la mer Baltique, qui détruisit celle

[1] Paul. Diac., *de gest. Langobard.*, I, 27. Alboin verò ità præclarum longè latèque nomen percrebuit, ut hactenus etiam tàm apud Bajoariorum gentem, quam et Saxonum, sed et alios ejusdem linguæ homines, ejus liberalitas et gloria bellorumque felicitas et virtus, in eorum carminibus celebratur.

[2] Nisi prius à rege gentis exteræ arma suscipiat.

[3] Paul. Diac., *ibid.*, I, 24.

[4] Dùm cum patre lætus regias delicias caperet.

[5] .....Sienta a yantar el mio fijo
Do estoy, en mi Cabecera
Que quien tal cabeça trae,
Sera in mi casa cabeça.

des Lombards et s'appropria son nom[1]. Ce poëme, dans son état actuel, parait antérieur au douzième siècle, et on doit le considérer comme dérivé de poésies beaucoup plus anciennes, qui remontaient en partie à un temps rapproché de l'émigration. Les Lombards, illustres par leur valeur et leur petit nombre[2], furent, sans doute, les auteurs de ces poésies primitives, puisqu'elles célébraient leurs exploits : dans l'origine elles ne parlèrent que de leur émigration et de leurs premiers faits d'armes, mais dans la suite on y ajouta successivement d'autres traits de leur histoire. Dès le cinquième siècle, Prosper d'Aquitaine rappelle ces traditions, et Paul Warnefrid les prit pour base de son récit[3]. Les chansons scandinaves s'accordent avec le poëme de Gothland[4]. Les Bourguignons eurent aussi des chants historiques, et dans le onzième siècle ils chantaient le héros Ogier[5], qui est bien plus connu par les romans de Charlemagne.

Les chants nationaux des Goths, comme ceux des autres peuples de race germanique, redisaient les exploits des anciens guerriers et servirent de matériaux à leurs

[1] Stephan., *Not. ad Saxon. Grammat.*, p. 181. — Pontan., *rer. Danic. hist.*, I, p. 36. — Pontoppid., *Gest. et Vest. Danor.*, I, p. 105-107. — Graberg., *Saggio Sugli Scaldi*, p. 21, 139-143.

[2] Tacit., *Germ.*, 40 : Langobardos paucitas nobilitat. — Paul. Diac., I, 7 : erant siquidem tunc Winili universi ætate juvenili florentes, sed numero exigui.

[3] Prosp. Aquit : Langobardos ex extremis Germaniæ finibus..... Iborea et Ajone ducibus..... — Paul. Diac., I, cap. 3, 7-14.

[4] And. Ser., Velleji *Centuria. Cantil., Danic.* — Pontoppid., *Gest. et vestig. Danor.*, T. I, p. 107 et seq.

[5] Metell. Tegern., *Quirinalia.* apud *Canis.*, T. III, part. 2, p. 134.

Burgundis alius belligero robore Dux probus,
Quem gens illa canens prisca vocat nunc Osigerium.

historiens. Ablavius et Cassiodore en avaient fait usage [1], et l'abréviateur Jornandès conserve encore des lambeaux poétiques. Ces chants, ainsi que ceux des bardes, des skaldes, des troubadours, durent se faire entendre et se perfectionner à la cour ou dans les camps des princes : l'immense puissance du grand Ermanaric, qui fut l'Alexandre des Goths [2], dut beaucoup contribuer à exalter le talent des poëtes, à cultiver le langage, et il ne faut pas oublier qu'à cette époque, Ulphilas, profitant des progrès qu'avait fait la langue gothique, produisit son étonnante version de l'Ecriture-Sainte. Les Goths étaient certainement les plus cultivés de tous les barbares.

Le vaste empire d'Ermanaric fut détruit par les Huns. Les Goths cherchant à échapper aux vainqueurs, se retirèrent vers le Danube, vers le Niester et en Transylvanie. Cependant plusieurs princes de la noble race des Amales, chefs d'une partie des Ostrogoths, se soumirent aux Huns, s'attachèrent à Rugilas, et suivirent un peu plus tard les drapeaux d'Attila. On voyait parmi eux Théodemir, père du grand Théodoric, et ses frères Walamir et Widemir, qui, selon Jornandès, étaient bien plus nobles que le roi qu'ils servaient [3].

[1] Jornand., *de reb. Get.*, 4 : Quemmadmodum et in priscis eorum Carminibus pœnè historico ritu in commune recolitur; quod et Ablavius descriptor Gothorum gentis egregius verissimâ adtestatur historiâ.

Id., *ibid.*, 5 : .....Cantu majorum facta modulationibus Citharisque canebant, Ethespamaræ, Hamalæ, Fridigerni, Widiculæ et aliorum, quorum in hâc gente magna opinio est, quales vix Heroas fuisse miranda jactat antiquitas. — Les manuscrits donnent des variantes sur les noms de ces guerriers.

[2] Jornand, *de reb. Get.*, 23. — Amm. Marcell. XXXI, 3.

[3] Jornand., *ibid.* 38.

Les Huns, soit hasard, soit habileté, s'étaient placés dans la Hongrie, et de cette position menaçaient les deux parties de l'empire romain. C'est dans cette situation que se trouvait Attila succédant à son oncle, et même après avoir soumis la Scythie et la Germanie il conserva toujours une sorte de capitale dans les environs de Jasbérin ou de Tokai[1]; non loin du lieu où *Widicula*, l'un des héros des Goths, avait trouvé une mort glorieuse[2]. L'historien Priscus, qui fit partie d'une ambassade envoyée par Théodose II à Attila, donne la description de ce village royal, et beaucoup de détails sur tout ce qui s'y passait. On y voit que de jeunes filles accompagnaient par des chants (ασμαlα σκυθικα) la marche du roi des Huns, qu'à ses repas des poëtes chantaient ses victoires et ses vertus guerrières[3], et que des bouffons cherchaient à l'égayer par des lazzis et des plaisanteries dans lesquels les langues latine, hunique et gothique étaient bizarement mêlées[4]. Celle des Huns était fort grossière et n'avait reçu aucune culture[5], tandis que celle

[1] Mascou., *Fatti de Tedeschi.*, IX, 23, not. 7. — De Buat., *Hist. anc. des peuples de l'Europe*, T. VII, p. 461.

[2] Jornand., 34. Il a conservé un fragment de Priscus qui ne se trouve pas dans les extraits des ambassades.

[3] Priscus, pp. 58-67.

[4] Prisc., p. 67 : τῇ γαρ Αυσονιῶν την τῶν Οὔννῶν και την τῶν Γοτθῶν παραμιγνες γλὸlαν Otrokocsi (*Orig. Hungaror.*, p. 126) interprète Αυσονιῶν γλὸlαν. par dialecte de la Valachie. Fred. Shlegel (*Tabl. de l'Hist. mod.*, I, p. 123), par la *langue romaine ou plutôt le dialecte corrompu des provinces, qu'on appelait la langue ausonique.*

[5] Procop., *B. G.*, IV, 19. — Jornand., 24. — Quelle était la langue des Huns ? à quelle race appartenaient ces barbares ? Questions encore indécises. Bayer, Gaubil, Visdelow, de Guignes, croient les Huns identiques avec les Hiong-nou des Chinois, c'est-à-dire de race turque. — Leibnitz et Eckhart les ont cru Sarmates, c'est-à-dire Slaves. — Pallas et Bergmann les estiment

des Goths avait dès lors acquis une grande perfection. Aussi semble-t-il, par un passage de Priscus, que les Huns, appréciant la supériorité de l'idiome gothique, lui accordaient la préférence sur leur propre langue [1]. Tel est le sens qu'un historien et un critique célèbres, Gibbon et Fréderic Schlegel ont donné aux paroles de Priscus [2]. Le second de ces écrivains pense même qu'Attila « *ne fut et ne demeura Hun que sous le rapport de la religion. Son éducation et sa manière de vivre étaient du reste tout à fait Gothes.* » Un Italien qui, au quinzième siècle, composa un dialogue qui eut de la célébrité, fait dire à Jean de Médicis, qu'un ancien livre grec de sa bibliothèque assurait qu'Attila faisait un si grand cas de la langue gothique qu'il avait voulu la substituer au latin, dont il prétendait défendre l'usage en Italie [3].

Mongols. — Klaproth, Saint-Martin, Abel-Rémusat les rapportent à la race finnoise, autrement appelée *tchoude* ou *ouralienne*. — Il se pourrait que la soumission des Finnois aux Hiong-nou, leur eut fait prendre le nom de leurs maitres, et que de là vînt celui des Huns (Abel Rémusat, *Rech. sur les lang. tart.*, p. 318).

[1] Priscus, p. 59. C.

[2] Gibbon, *Hist. de la décad.*, T. VI, p. 262, not. (2), édit. franç. de Guizot. — Fréd. Schlegel, *Tabl. de l'Hist. mod.*, I, p. 122, trad. franç.

[3] Alcyonius, *de exilio*, lib. II, p. 213. *Ed.* Menken. In bibliothecâ nostrâ asservatur liber incerti auctoris græcè scriptus, de rebus à Gothis in Italiâ gestis : in eo memini me legere Attilam regem post partam victoriam, tam studiosum fuisse Gothicæ linguæ propagandæ, ut edicto sanxerit, ne quis linguâ latinâ loqueretur, magistrosque insuper à suâ provinciâ accivisse qui Italos Gothicam linguam edocerent. — Vallaszki (*conspect. litter. in Hungar.*, § 8, p. 45), cite ce passage, et par une interprétation assurément très-forcée, prétend que, par *langue gothique*, il faut entendre celle des Huns. D'un autre côté, Schlegel semble donner une trop grande autorité aux paroles d'Alcyonius. Il ne serait pas impossible qu'Alcyonius eut tiré ce qu'il avance de l'*histoire de Byzance*

Quoi qu'il en soit de cette préférence et de ce caprice d'Attila, il est certain que les guerriers qui l'entouraient étaient très-sensibles au charme de la poésie héroïque ; ils étaient vivement émus par les chants des poëtes [1], et l'on peut lire dans Jornandès l'éloge que les plus distingués des Huns chantèrent aux funérailles d'Attila, en tournant à cheval autour du lit de parade sur lequel son corps était exposé [2]. Un honneur pareil avait été rendu à Théodoric, roi des Visigoths, lorsqu'il fut trouvé sans vie sous un tas de morts après la bataille des champs Catalauniques [3].

et d'Attila, que Priscus écrivit en sept Livres, ou qu'il eut vu de cet ouvrage des extraits plus étendus que ceux qu'on trouve dans le recueil des ambassades. Plusieurs auteurs ont affirmé que l'histoire de Priscus existait encore au quinzième siècle et même plus tard (Fabric. *Bibl. Græc.*, T. VIII, p. 539, not. (*aa*) ed. Harles.) Nous reconnaissons cependant qu'Alcyonius annonçant que le manuscrit grec traitait de l'histoire des Goths en Italie le représente comme fort différent de l'ouvrage de Priscus.

[1] Prisc., p. 67.

[2] Jornand., *de reb Get.,* 49. M. de Châteaubriand a traduit cet éloge dans ses *Etudes historiques* (T. III, p. 120). L'historien goth ajoute : Postquam talibus lamentis est defletus, Stravam super tumulum ejus, quam appelant ipsi, ingenti commessatione concelebrant. — Lactantius, commentateur de Stace, explique le mot *Strava* (*ad Thebaïd.*, lib. XII, v. 65) : *exuviis enim hostium extruebatur regibus mortuis pyra, quem ritum sepulturæ hodiè quoque barbari servare dicuntur, quem Strabas dincunt linguâ suâ.* — Ce mot s'interprète par le mœso-gothique. *Stravan* (Ulphil., marc. XI, 8) signifie *Sternere*. C'est l'exposition d'un mort sur le bûcher ou sur un lit de parade, accompagnée d'un repas funèbre. Ces repas sont de tous les temps. Les Romains les nommaient *Silicernium*, les Norwégiens *Arffuesl* (Ol. Worm., *Monum. Danic.*, cap. 6. — Ihre., *Gloss. Suio-Goth.*, p. 106), les Germains, *Dadsisa* (Ol. Worm., *ibid.*, p. 36. — G. H. Ayrer. *de Datsisa Vet. Germ. in T. IV, Act. Sociel. lat. Jenens.*, p. 134). Leibnitz, qui croyait que les Huns étaient des Slaves, a cherché à expliquer *Strava* par la langue de ces derniers peuples (*Oper.*, T. IV, part. 2, p. 191. — Eckhart., *Franc. Orient.*, T. I, p. 877 et T. II, p. 487.

[3] Jornand., *ibid.*, 41 : .....cantibus honoratum.

Il paraît donc que ce fut à la cour d'Attila que les poëtes goths exercèrent avec le plus de succès les talens qu'ils avaient déjà développés à celle d'Ermanaric. Ils chantèrent *le roi de tous les rois* [1], ses victoires et les événemens de son règne, en les rattachant aux souvenirs des générations antérieures.

Parmi les faits relatifs à Attila, il en est un fort remarquable par les développemens qu'il a reçus des poëtes. Le massacre des Bourguignons de Worms, par les Huns, n'a laissé dans l'histoire qu'une trace à peine visible, tandis que sous la forme poétique, il a été célèbre chez presque tous les peuples de l'Europe. C'est à donner une idée de cette poésie, des formes variées qu'elle a revêtues, des modifications et des recensions qu'elle a subies, des branches auxquelles elle a donné naissance, que nous allons nous appliquer. Ces récits remontent au temps d'Attila, les Goths en sont les auteurs : c'est ce dont on ne saurait douter, d'après ce que l'on sait de la grossièreté du langage des Huns, de la culture perfectionnée de celui des Goths et de l'estime dont jouissait ce dernier idiome à la cour du roi des Huns. Après la mort de ce conquérant, les poëtes goths ajoutèrent successivement de nouveaux chants aux anciens : ils racontèrent ses dernières guerres, sa fin tragique causée par la vengeance d'une femme, les suites de ce terrible événement et les exploits de leur grand roi Théodoric.

Il est fort vraisemblable que les Goths célébrèrent les aventures d'Attila, dans une suite de poëmes, à la manière des rhapsodes, et dont la réunion formait un véritable cycle épique. Ces poëmes n'existent plus : mais nous trouvons chez les Scandinaves des poésies lyriques

[1] Jornand., *ibid.*, 38. .....solus Attila rex omnium regum.

racontant les mêmes aventures, qui peuvent, en quelque sorte, les représenter. A des époques anciennes, et mal déterminées, des tribus de Goths sorties de l'Asie, pénétrèrent à plusieurs reprises dans la péninsule scandinave. Elles repoussèrent vers le nord ou réduisirent en esclavage les Finnois (*Jottes.-Scritofini*), habitans primitifs de cette région. Les Goths de Suède et de Norwége étaient de même race, de même langue que les Goths soumis à Attila. Ils eurent avec eux de fréquentes communications, et les poésies que les Huns avaient entendues les premiers furent avidement accueillies par les Goths de la Scandinavie. Ces chants historiques parvinrent en Islande avec les Norwégiens qui, au neuvième siècle, y fondèrent une république : ils y furent conservés mieux que sur le continent, et au douzième siècle Sœmund les réunit à des poésies mythologiques pour en former l'ancienne Edda [1], dont un exemplaire fut rapporté en Danemark un peu avant le milieu du dix-septième siècle [2]. Stephanius a prétendu qu'avant la rédaction de Sœmund l'Edda n'avait jamais été écrite, et qu'elle ne s'était conservée que dans la mémoire des skaldes. Mais Gudmund André et Résénius ont soutenu, au contraire, que Sœmund avait tiré ces poésies d'anciennes écritures runiques. Quoi qu'il en soit, les morceaux qui forment l'Edda furent conservés en Islande, mais n'y furent point composés, et l'on sait, par des témoignages historiques, que plusieurs de ces poëmes étaient connus dès le dixième siècle [3].

[1] Nous citons toujours l'Edda d'après l'édition de Copenhague, 1787, 1818, 1828. in-4, 3 vol.

[2] Stephan., *not. ad Saxon. Gramm.*, p. 93. — Arn. Magnæi., *Vit. Sœmundi cum not. Joh. Erichsen.*, p. VII-VIII. — *Præf. ad part.* I, *Eddæ*, p. XLI.

[3] *Præf. ad. Edd. Rhyth.*, part. I, p. XXXVIII. Hafn., 1787. 4°.

Des savans du Nord ont comparé les Odes de l'Edda avec d'autres productions que l'on rapporte avec certitude au neuvième et au dixième siècle, et ils affirment, d'après le style simple et naturel des premières, qu'elles sont bien plus anciennes et qu'elles doivent avoir été rédigées entre le sixième et le huitième siècle [1]. Nous regarderons donc ces odes comme représentant les poëmes qui furent composés par les Goths, sans nullement prétendre qu'elles n'aient subi aucun changement depuis leur origine jusqu'à la rédaction de Sœmund. Nous pensons, au contraire, qu'elles ont dû en éprouver soit dans la forme, soit dans le langage. Il paraît même qu'une partie de ces poésies s'est perdue, et qu'il a existé une Edda plus ancienne et plus étendue [2]. Ce qui nous est parvenu donne l'histoire poétique d'Ermanaric, des Volsunges, des Giukunges et d'Attila, mais si l'on compare l'Edda de Sœmund avec celle de Snorro et avec la *Volsunga Saga*, on voit que les auteurs de ces derniers ouvrages avaient encore des traditions et des poëmes qui n'existent plus maintenant. Cependant, malgré ces pertes et les altérations qu'ils peuvent avoir subies, les chants historiques de l'Edda sont ce qui nous reste de plus ressemblant aux chants originaux composés par les Goths au temps d'Attila ou peu après sa mort, et c'est moins de deux siècles après cet événement qu'ils reçurent des skaldes la forme sous laquelle le recueil attribué à Sœmund nous les a conservés.

On trouve des allusions à l'histoire de Volundr, qui forme le premier récit de l'Edda, dans la version de Boëce par Alfred-le-Grand, et dans le poëme latin sur les exploits de Walther.

[1] *Præf. ad part.* 2. *Eddæ*, p. XVI.

[2] Stephan., *not. ad Saxon.*, pp. 16-17. — Ol. Nording., *Diss. de Eddis Island.*, § VI. — Seringham., *de Anglor. gentis origine*, p. 265.

[3] *Præf. ad* 2 vol. *Eddæ rhythm.*, p. XV.

Les derniers éditeurs de l'Edda ont réuni, dans le second volume, les morceaux historiques, au nombre de vingt-deux. Le premier morceau raconte l'histoire du forgeron Véland, le Dédale du Nord, dont un grand nombre de poésies et de romans de chevalerie ont conservé le souvenir [1]. Le dernier est tout à fait étranger à nos recherches, et les vingt autres forment le cycle dont nous avons parlé. Deux de ces morceaux sont en prose, ils donnent la substance de poëmes qui ont été perdus; tous les autres sont en vers, mêlés de fragmens plus ou moins étendus en prose, qui leur servent d'introduction, remplissent des vides ou expliquent des passages obscurs. Ces parties en prose sont regardées, avec raison, comme bien moins anciennes que celles en vers. Voici l'analyse des vingt poëmes historiques contenus dans cette partie de l'Edda.

Sigurd était fils de Sigmund, roi de Frackland [2], et de sa femme Hiordis. Après que Sigmund eut été tué par les fils de Hunding, Hiordis épousa le fils du roi Hialprec, et Sigurd fut élevé auprès d'eux. Il devint bientôt célèbre par son courage et sa beauté. Sigurd alla un jour consulter son oncle, le sage Griper, à qui l'avenir n'était point caché. Griper lui prédit qu'il acquerra de la gloire, qu'il vengera son père, qu'il s'emparera d'un trésor et qu'il délivrera la belle Valkyrie Brinhilde. Il lui prédit encore, bien à regret et après beaucoup de résistance, les malheurs dont il est menacé et sa fin prématurée.

Le nain Régin, qui prend soin de Sigurd, lui raconte

[1] V. l'article Völundr, dans le glossaire du T. II de l'Edda. — Depping et Fr. Michel. Véland le forgeron. Paris, 1833. 8°.

[2] Pays non loin du Rhin.

l'origine du trésor qui joue un si grand rôle dans les traditions scandinaves et allemandes. Il lui dit que les Ases étant un jour à la pêche, Loke tua une loutre d'un coup de pierre. C'était Otur, fils de Hreidmar qui avait pris la forme de cet animal et le père exigea que les Ases, pour le dédommager, remplissent d'or la peau de la loutre. Loke se procura cette rançon en prenant dans un filet le nain Andvar, qui, forcé de livrer les richesses qu'il a amassées dans son rocher, maudit cet or et y attache des malheurs pour tous ses futurs possesseurs [1]. Bientôt Fafner et Régin tuèrent leur père Hreidmar pour avoir ce trésor. Fafner s'en empara et refusa de le partager avec son frère. Régin fait ce récit à Sigurd pour l'engager à le venger de l'avare Fafner, mais avant d'entreprendre cette aventure, le fils de Sigmund veut punir les meurtriers de son père. Le roi Hialprec lui fournit des vaisseaux, il livre bataille aux trois fils de Hunding et leur ôte la vie. Après avoir rempli ce devoir, il revient vers Régin. Ce nain a fabriqué l'épée Gram, arme redoutable, par laquelle Sigurd doit donner la mort à Fafner qui, sous la forme d'un énorme serpent, habite le désert de Gnitaeid. Sigurd se cache dans une fosse, et au moment où le monstre la franchit, il le perce de son épée.

Alors il s'établit un dialogue entre Fafner et son vainqueur. Le serpent avertit Sigurd qu'il a répandu son venin sur son or, et lui conseille d'abandonner ce trésor maudit. Après qu'il est expiré Sigurd fait rôtir son cœur, et ayant goûté le sang qui en distille, il comprend tout à coup le langage de sept aigles qui étaient près de lui.

[1] On trouve dans l'antiquité la mention de plusieurs objets qui étaient fatals à tous ceux qui les possédaient, tels furent le cheval Seion, l'or de Toulouse, etc. (*Adagia. Francof.*, 1616, fol., p. 375.)

Ces oiseaux lui apprennent que Régin veut le trahir et lui conseillent de le tuer. Sigurd tranche la tête au perfide nain, pénètre dans le repaire de Fafner, et emporte sur son cheval *Grani* l'or du serpent, *le casque formidable* (Ægis-hialmr), une cuirasse d'or, le glaive Hrotti et d'autres richesses.

Après cette victoire Sigurd vole vers le midi, au mont de la Biche (*Hindarfiall*) au pays de Frackland. Il pénètre dans un château entouré de flammes et délivre la Valkyrie Brynhilde de la léthargie dans laquelle Odin l'avait plongée. Il arrive ensuite à la cour des fils de Giuk : ces princes se nomment Gunnar, Guttorm et Högni. Sigurd trompe Brynhilde et la fait épouser à Gunnar qui lui accorde sa sœur Gudruna.

Brynhilde, tourmentée par la jalousie et pour se venger de Gudruna, engage Guttorm à assassiner Sigurd pendant son sommeil. Le prince Giukunge s'était préparé à cette horrible action en mangeant de la chair de serpent et de loup. Sigurd, frappé à mort, lance son épée contre son assassin et le partage par le milieu du corps. Brynhilde met fin à sa vie en se brûlant avec le corps de Sigurd sur un char couvert d'étoffes précieuses, et après avoir prédit les malheurs qui attendent la race de Giuk. Pendant qu'elle descend chez les morts, une géante de la montagne (Gygur), lui reproche sa funeste influence. Brynhilde répond en rappelant les événemens de sa vie, son état de Valkyrie, la colère d'Odin et sa délivrance par le vainqueur de Fafner. Il habita avec elle pendant huit nuits sans enfreindre les lois de la chasteté, et cependant c'est ce qui a causé les insultes de Gudruna.

Gudruna chante ses malheurs et le meurtre de son époux. Elle avait été effrayée en voyant le cheval *Grani* revenir sans cavalier, et bientôt Högni avait confirmé ses craintes. Grimhilde parvient cependant à persuader à Gudruna sa fille, de recevoir une compensation pour le meurtre de Sigurd, et lui présenta la boisson magique d'oubli dans une corne ornée de caractères sanglans.

Dans la suite, le roi Atli (Attila), fils de Budlus, recherche Gudruna en mariage. Elle repousse longtemps ce frère de Brynhilde, et prophétise les suites funestes qu'aurait cette union. Elle cède cependant aux sollicitations et aux promesses de sa mère. Elle accepte la main d'Atli, et un voyage de vingt-un jours, par terre et par eau, la conduit chez son nouvel époux.

Quelque temps après ce mariage, Herkia, femme répudiée d'Atli, accusa Gudruna d'infidélité. La fille de Giuk prouva son innocence par l'ordalie de l'eau bouillante, et son accusatrice n'ayant point réussi dans la même épreuve, fut noyée dans un marais[1].

Cependant le roi des Huns, tourmenté par des songes et par le désir de posséder les trésors de Fafner, envoya un hérault porter aux rois de Worms l'invitation de venir à sa cour. Après quelque hésitation causée par la défiance d'Högni et les signes de mauvais augure que Gudruna avait joints au message d'Atli, ces princes acceptent. Ils partent, ils arrivent, et Gudruna les avertit des perfides desseins d'Atli. Bientôt ils sont attaqués par les Huns. Gudruna cherche à s'interposer entre ses frères et son époux; mais ne pouvant y parvenir, elle jette son manteau, saisit un glaive et défend vaillamment ses frères. Tous ses efforts sont vains. Après un long combat les fils de Giuk sont faits prisonniers. Gunnar est jeté

[1] Cette façon ignominieuse de mettre à mort était en usage chez les nations germaniques. V. Tacit., *Germ.*, 12. — *Lex Burgund.*, XXXIV, 1.

dans une prison remplie de serpens; ses mains sont liées, mais, dans l'espoir d'attirer à son secours *Odruna,* sœur d'Atli, dont il est aimé, il joue de la harpe avec les pieds. Sa terrible musique arrache des larmes aux femmes, émeut les guerriers les plus farouches et brise les voûtes de sa prison [1]. Mais Odruna est absente et le héros succombe. Högni, qui s'est défendu avec la plus admirable valeur, refuse de racheter sa vie en livrant le trésor; on lui arrache le cœur et il meurt en riant.

Alors Gudruna accable Atli de reproches et obtient de rendre à ses frères les honneurs funèbres, mais bientôt elle se décide à les venger. Elle étrangle ses propres enfans et fait manger leurs cœurs à leur père; puis, aidée par Niflung, fils d'Högni, elle poignarde Atli dans sa couche [2]. Le roi mourant et Gudruna ont ensemble un long dialogue, ils se font mutuellement des reproches, et Gudruna promet à l'époux qu'elle vient d'assassiner une sépulture honorable, puis elle met le feu au palais.

Ici le poëte exalte le bonheur de celui qui aurait une fille aussi courageuse que celle de Giuk, et aussi assurée d'une longue célébrité.

Gudruna, après sa vengeance, veut terminer ses jours. Elle se jette dans la mer, mais la mer la repousse et la porte sur les rives où règne *Jonacer*, dont elle devient la femme. De ce mariage sortirent *Sorlius*, *Erpus* et *Hamder. Svanhilda,* fille de Sigurd et de Gudruna, avait été fiancée à *Jormunrekr*, surnommé le Puissant (le grand

[1] On lit à la fin du T. II de l'Edda, le chant de Gunnar (*Gunnars Slagr*), mais ce morceau paraît être une composition moderne.

[2] Marcellin., *Comit. chr.*: Noctu mulieris manu cultroque confoditur. — V. *Agnell. lib. Pontific.*, part. I, c. 2. — *Chron. Alex.*, p. 28. Quelques chroniques des onzième et douzième siècles disent que cette femme vengeait son père.

Ermanaric). Bickius, après avoir favorisé les amours de Svanhilda et de Randver, fils du roi, avait dénoncé ces amans à Jormunrekr, qui avait puni de mort son fils et avait fait périr Svanhilda sous les pieds des chevaux. Gudruna excita ses fils à venger sa fille. Ils partent : dans leur voyage ils prennent querelle, et Erpus est tué par ses frères. Ceux-ci parviennent au séjour de Jormunrekr au moment d'un festin. Ils y portent le désordre et la mort, mais bientôt ils se sentent trop faibles pour achever leur entreprise, ils regrettent le frère qu'ils ont si barbarement massacré, et, accablés par le nombre ils périssent entourés des guerriers qu'ils ont immolés.

La géographie de l'Edda est vague et indéterminée, mais on voit cependant que le théâtre des événemens doit être placé à l'orient du Rhin. Le désert de Gnitaeid, la patrie de Sigurd, le lieu de sa mort, le séjour des Giukunges sont peu éloignés de ce fleuve. La capitale d'Atli en est à vingt-un jours de marche. Ce ne sont donc pas des faits qui aient eu lieu dans leur patrie actuelle que chantèrent les Scandinaves en composant les odes de l'Edda : ces événemens s'étaient passés loin de leur pays, mais ils en reçurent les récits avec avidité, ils les adoptèrent avec un vif intérêt, parce qu'ils leur étaient transmis par des peuples de leur race. Quelques-uns des chants de l'Edda portent encore le nom des lieux où ils furent composés, et c'est dans le midi de la Norwége que les crimes et les malheurs du roi des Huns inspirèrent les skaldes [1].

[1] Atla-quida in Grænlenzka. V. *Edda rhyth.*, T. II. p. 363, note (2).

En refaisant les poésies des Goths, les Scandinaves y mêlèrent les traditions des peuples qu'ils avaient remplacés, et l'on voit paraître dans l'Edda ces êtres extraordinaires, mélange de faiblesse et de puissance surhumaine, ces nains avares, habiles à prédire l'avenir et à fabriquer des armes, dont l'imagination des Finnois avait peuplé les rochers de leur pays.

Il semble que d'autres traditions de l'Edda soient originaires de régions bien différentes. Les monstres, gardiens des trésors, rappellent la haute Asie. C'est là que l'antiquité la plus reculée indique les Griffons qui gardent l'or, et les Arimaspes qui le leur disputent. L'Orient présente de fréquens exemples de monstres à corps de dragon et de trésors cachés dans des cavernes [1]. La mythologie indienne parle aussi de dragons gardant sous terre des richesses que des guerriers parviennent à leur enlever. Ces mythes paraissent avoir été apportés de l'Asie dans le nord de l'Europe par les émigrations des peuples. Les Scandinaves les adoptèrent, et Fafner n'est pas le seul serpent avare dont parlent leurs récits. Frotho, roi de Danemark, osa attaquer un énorme serpent qui gardait un trésor dans une montagne, et l'historien Saxo, qui raconte cet exploit, s'exprime en vers latins [2], qu'il avait sans doute traduits d'un poëme maintenant inconnu. Le vaillant et malheureux Ragnar Lodbrok tua un serpent qui grossissait en même temps que l'or sur lequel il était couché [3].

C'est encore une tradition de l'Orient que la croyance que la chair de dragon donne à l'homme l'intelligence du

[1] *Biblioth. Orient.*, pp. 798-858, etc.
[2] Lib. II, p. 20.
[3] *Ragnar Saga*, cap. I et II.

langage des oiseaux. On la trouve chez les Indiens [1], chez les Arabes [2], chez les Tyrrhéniens [3]. Cette opinion passa de l'Orient dans la Grèce, où l'on racontait que Mélampe comprenait la langue des animaux, même celle des vers, depuis que ses oreilles avaient été léchées par des dragons [4].

Ces mythes orientaux furent sans doute apportés de l'Asie dans le nord de l'Europe par les races gothiques, mais ce serait aller bien loin, que de croire avec les éditeurs de l'Edda [5], que Sigurd, Brynhilde, Gudruna, Atli, sont des êtres épiques ou mythiques déjà chantés par les poëtes au delà du Volga, et dont les souvenirs, transportés dans l'Occident par l'émigration, furent ensuite confondus avec ceux des personnages historiques du nouveau pays que les colonies asiatiques vinrent occuper. C'est alors que les poésies sur Atli auraient été appliquées à Attila, et que ces deux guerriers, dont les noms se rapportent à celui du Volga, nommé *Atel* par les Orientaux, n'auraient plus formé qu'un seul personnage. Le savant baron d'Eckstein semble avoir adopté ce point de vue dans toute sa portée, lorsqu'il rattache les poésies gothiques, la Volsunga Saga et les Nibelungen, à ce qu'il appelle l'*Epopée originale des peuples du Touran* [6]. M. Ampère fils nous paraît resserrer cette hypothèse dans des limites bien plus convenables, en se bornant à penser qu'un ancien mythe oriental, présentant *un héros triom-*

[1] Philostr., *Vit. Apoll.*, III, 9.

[2] Philostr., *ibid.*, I, 20. — Damir., apud Bochart. *Hieroz.*, I, 3, col. 22.

[3] Porphyr., *de Abstin.*, III, 4.

[4] Plin., *Hist. Nat.*, X, 70. — Apollodor., I, 9-11.

[5] *Præf. ad* T. II. *Eddæ*, p. v et seq.

[6] *Revue des deux Mondes*, 1831. T. III, p. 34.

phant d'un dragon, *gardien d'un trésor*, forme le fond de l'histoire de Sigurd; que sur ce fond mythologique sont venues *s'implanter des traditions d'une origine toute différente et des souvenirs d'Attila et d'Hermanaric* [1]. Nous admettrons bien volontiers que les émigrations des Goths et des Ases ont porté de pays en pays, avec leur mythologie, des traditions nées au fond de l'Orient, que les poëtes se plurent ensuite à faire entrer dans leurs compositions historiques. Ils employèrent ainsi les mythes du dragon, gardien du trésor, du héros qui lui arrache la vie, de la Valkyrie enchantée et entourée de flammes. Mais nous pensons que l'*Atli* des poëmes primitifs qui donnèrent naissance à l'Edda, n'a jamais été différent de l'Attila, roi des Huns : que les Volsunges, ainsi que les Giukunges, sont des familles guerrières qui habitèrent des régions peu éloignées du Rhin, et que les récits des poëtes sur ces familles ne sont que le développement romanesque de leur histoire. C'est dans la partie de l'Allemagne qui était soumise à Attila, que de son vivant, ou peu de temps après sa mort, les skaldes goths composèrent

[1] *Revue des deux Mondes*, 1832. T. VI, p. 400 et T. VII, pp. 339-340. M. Ampère fils, a publié dans cette revue un *discours sur la littérature scandinave*, rempli d'intérêt et d'érudition, et une comparaison de l'Edda avec les *Nibelungen.* Il y a joint un essai d'un poëme renfermant toutes les traditions relatives à Sigurd. Ce discours, et des extraits de la partie mythologique de l'Edda, ont aussi paru dans l'ouvrage que M. Ampère a publié sous le titre de *Littérature et Voyages*. Paris, 1833, 8°.

M. Saint-Marc Girardin a donné, dans le *Journal des Débats* (nov. 1831), des traductions du *Gudrunar Huaut* et du *Hamdismal,* de l'*Atlaquida* et de l'*Atlamal.* Il les a reproduites dans ses *Notices politiques et littéraires sur l'Allemagne,* Paris, 1835. 8°. Avant ces publications, l'Edda de Sœmund était bien peu connue en France : les morceaux autrefois traduits par le prof. Mallet appartiennent à l'Edda de Snorro.

ces chants qui célébraient ses aventures et celles des familles que nous venons de nommer. C'est là qu'ils mirent en usage les traditions et les mythes qu'ils avaient longuement apportés de l'Orient, et qu'ils en firent usage pour orner, pour colorer leurs récits sur les guerriers de l'Occident. Ce sont ces poésies qui, comme nous l'avons déjà dit, passèrent rapidement chez les Scandinaves et y prirent la forme qu'elles conservent dans l'Edda.

Ce n'est pas seulement chez les Scandinaves que ces poëmes furent accueillis : ils se répandirent aussi dans toute l'Allemagne, et ils y subirent aussi des remaniemens et des interpolations qui en altérèrent la forme et le contenu. Ce que Paul Diacre raconte des poésies sur Alboin, atteste la promptitude avec laquelle ces récits pénétraient chez les peuples qui avaient la même langue. La domination du grand Théodoric, qui s'étendait depuis Belgrade jusqu'au Rhin, facilita cette diffusion, et fut même la cause d'une des premières interpolations que reçurent les poésies du cycle d'Attila. Les poëtes allemands, par un anachronisme qui pouvait flatter leur vanité nationale, firent de Théodoric le contemporain et le compagnon inséparable du roi des Huns, lui firent jouer un grand rôle à sa cour, et le représentèrent comme le héros invincible. Les historiens du moyen âge relevèrent cette faute de chronologie [1], mais leurs remarques n'arrêtèrent point les faiseurs de poëmes et de chansons, qui continuèrent, dans leurs *lieder* [2], à réunir Attila à Théodoric.

[1] *Chronic. Urspeg*. — Otto Frising, V, 3. — Gottfried. Viterb., XVI.

[2] *Lied.*, chant. Les auteurs du sixième siècle les appellent *leudi* (Venant. Fortunat., *Oper*, part. I, 2- 256, ed. Luchi). — Les Goths de la Mœsie nommaient les chanteurs *Liutharjos* (*Esdr*. II, 41.

Eginhart nous apprend que Charlemagne avait fait *recueillir et écrire les antiques poésies barbares qui chantaient les faits et les guerres des rois*[1]. On a recherché quels étaient ces anciens poëmes, et l'on a supposé que c'était les chansons des Germains en l'honneur d'Arminius, ou celles des Saxons sur Odin et les dieux du Nord. Il aurait été bien difficile que les premières se fussent conservées si longtemps, et quant aux autres, Charlemagne n'aurait certainement pas voulu répandre les souvenirs d'une religion qu'il avait cherché à détruire. Déjà, avant son règne, le concile de Leptine (en 756), avait proscrit tout ce qui se rapportait à Odin et au paganisme saxon. Charlemagne n'a donc pu songer à rassembler les poésies qui y avait trait. Il s'agit dans Eginhart de chants héroïques, qui étaient devenus populaires, et un fait du même âge peut éclaircir le passage du biographe de Charlemagne. On raconte qu'au huitième siècle, saint Ludger étant dans la Frise, rendit la vue à un aveugle qui était fort aimé de ses voisins, parce qu'il était habile à chanter les faits et les combats des anciens rois[2]. Les paroles de l'écrivain ecclésiastique sont les mêmes que celles d'Eginhart, et certainement le saint eût été peu touché si l'aveugle Bernleff eût célébré Odin et les Ases. C'était des chants historiques qui amusaient les Frisons, et il est

Nehem. VII, 1, in Maii et Castillon. Ulphilæ, part. inedit. specim. — Ihre, *Fragm. vers.* Ulphil., p. 40.)

[1] Eginhart., *Vit. Caroli M.*, 29. — *Poet. Saxo*, lib. V, apud Bouquet : *Rec. des histor. de France*, T. V, p. 182. — V. les notes de Bessel, de Goldast, de Brédow. — Gibbon, *Hist. de la Décad.*, T. VIII, p. 321. not. édit. de Guizot. — Gley, *Littér. des Francs*, p. 8. — Fréd. Schlegel, *Hist. de la littér.*, I, p. 308-327, trad. franç. — *Id.*, *Tabl. de l'Hist. mod.*, I, pp. 147-156, trad. franç.

[2] Altfrid., *Vit. S. Ludger*, lib. II, cap. 1, apud *Bolland. Mart.*, T. III, p. 648 : .....antiquorum actus et regum certamina.

bien probable que les poëmes recueillis par Charlemagne parlaient d'Ermanaric, d'Odoacre, d'Attila, de Théodoric et d'autres rois et guerriers, dont peut-être un passage de Jornandès conserve encore les noms [1]. Dans cette hypothèse, Charlemagne aurait réuni et fait écrire les diverses parties du cycle d'Attila, dont les Goths avaient été les premiers auteurs. Les Ostrogoths portèrent en Italie leur langue et leur écriture : Théodoric et Amalasunthe encouragèrent la culture de la langue gothique, non moins que celle du latin [2], et l'on pourrait peut-être conjecturer que sous leurs règnes, les chants historiques des Amales auraient été écrits. Théodoric, comme Attila, avait des chanteurs à sacour : ils assistaient à ses repas, et cette étiquette ou cette jouissance était enviée par les rois ses alliés [3].

Charlemagne, Alcuin, Rhaban Maur, Otfrid donnèrent de grands soins à la culture de la langue francique : ils cherchèrent à fixer la grammaire de cet idiome, qui semblait offrir une opiniâtre résistance aux efforts dont il était l'objet depuis le commencement du huitième siècle [4], et lorsque Otfrid entreprit de mettre l'Evangile en vers, il espérait, comme il le dit dans sa préface, que son poëme

[1] Jornand., *de reb. Get.*, 5.

[2] Sur l'éducation lettrée de Théodoric. *Theophan. chr.*, p. 112. *Anastas hist.*, p. 46. — Sur l'étude qu'Amalasunthe avait faite du latin et du gothique, v. Cassiod., *Var.* X, 4, p. 148 et XI, 1, p. 161. — La langue gothique se répandait en Italie parmi les Romains. V. Cassiod., *Var.* V, 40 et VIII, 21. — Elle était employée dans les relations diplomatiques, et Cassiodore, après avoir écrit en latin au nom de son maître au roi des Hérules, ajoute : *reliqua per ...legatos nostros patrio sermone mandamus.* (*Var.* IV, 2.)

[3] Cassiod., *Var*, II, ep. 40 et 41. — *Conf.*, Sidon. Apoll., lib. I, epist. 2.

[4] On a de ce temps un essai de traduction d'un ouvrage latin en langue francique. V. Gley, *Littér. des Francs*, p. 103-112.

ferait oublier les chants profanes [1]. Ces chants, dont il voulait détourner, existaient donc; et si, à cette époque, nous en trouvons encore des traces, si elles nous ramènent à des traditions et à des sujets gothiques, nous aurons acquis quelque lumière sur les poëmes de la collection de Charlemagne, et de nouvelles raisons de croire qu'ils dérivaient de ceux que les Goths avaient composés.

Nous ne nous appuierons point ici sur un prétendu témoignage de l'évêque Fréculphe [2], d'où l'on a voulu conclure [3] que les vers des Goths existaient encore du temps de Charlemagne : ce serait une mauvaise preuve d'un fait que nous croyons vrai; car Fréculphe copie Jornandès sans le citer, et ce qu'il en tire ne doit se rapporter qu'au temps de l'auteur goth. Mais nous dirons que les lettres d'un archevêque de Rheims nous apprennent qu'*à la fin du neuvième siècle*, il y avait des *livres allemands* qui racontaient qu'Ermanaric, à l'instigation d'un conseiller perfide, avait fait périr ses enfans [4], et il est infiniment remarquable que cette aventure se trouve dans l'Edda et dans la Volsunga Saga [5]. On y lit que Jor-

[1] Otfrid., *præf, ad Lintbert* : .....ut aliquantulum hujus cantus lectionis ludum sœcularium vocum deleret et in Evangeliorum propriâ linguâ occupati dulcedine, sonum inutilium noverint declinare...

[2] Freculph., *chron.*, lib. II, cap. 16.

[3] L.-Ch.-F. Petit-Radel, *Rech. sur les Biblioth.*, p. 76.

[4] Frodoard., *Hist. Remens.*, IV, 5, apud Bouquet, T. VIII, p. 159. Dans des extraits des lettres de l'archevêque Foulques à l'empereur Arnoul, il est dit : Subjicit etiam ex libris Teutonicis de rege quodam Hermenrico nomine, qui omnem progeniem suam morte destinaverat, impiis consiliis cujusdam conciliari sui. — Nicolas Chesnau, dans sa traduction de Flodoard, qu'il appelle *Floard* (Rheims, 1580. 4°), rend *libris Teutonicis* par les *Annales de Flandre*.

[5] *Edda*, T. II, p. 240. — *Volsunga Saga*, cap. 49.

munrek (Ermanaric) fit périr son fils et sa belle-fille Svanhilda par les conseils de Bikkius. Jornandès fait aussi mention d'une femme, appelée Sonilda ou Sanielh, qu'Ermanaric fit mettre à mort[1], et que ses frères tentèrent de venger. Les historiens Goths avaient puisé dans leurs poésies nationales cette aventure, que l'Edda rattache au cycle d'Attila; et la retrouver au neuvième siècle, dans des livres en *langue teutonique*, est une preuve assurée non-seulement de l'existence de ces anciennes poésies, mais encore du soin qu'on avait, antérieurement à cette époque, de les rédiger par écrit, dans un des dialectes germaniques.

Je rappellerai encore ici un monument fort curieux, qui est plus ancien d'environ un siècle que les lettres de Foulques. La première et la dernière page d'un manuscrit latin, qui est maintenant à Cassel, ont conservé un long fragment d'un poëme francique qui raconte le combat que soutint Hiltibraht (Hildebrand) cousin et fidèle ami de *Théotrich* (Théodoric), contre son fils Hatubrandt, lorsque après la mort d'*Otachre* (Odoacre), il revenait à Vérone, précédant son maître qui avait quitté la cour d'Attila. Ce récit, tout à fait épique, est évidemment d'origine gothique : sa traduction francique paraît avoir été faite vers l'an 800, peut-être tout exprès pour faire partie du recueil de Charlemagne. Ce poëme est de ceux qui se sont répandus chez toutes les nations allemandes, et on le trouve non-seulement en francique[2], mais encore en scandi-

[1] Jornand., *de reb Get.*, 24.

[2] Manuscrit trouvé à Fulde, maintenant à Cassel. V. Eckhart., *Franc. Orient.*, I, p. 864-902. — Grimm., *das Lied Hildebr. und Hadubr.*, 1812. 4°. — Gley, *Lang. et litt. des Francs*, pp. 145-154. Guill. Grimm., (*de Hidelb. carm. Teut. fragm.*, Götting.,

nave[1], en ancien danois [2] et dans les poésies des Minne-Singer [3]. Le souvenir d'Hildebrand se conserva longtemps en Italie, et une forteresse située dans les gorges de l'Adige, au-dessus de Vérone, portait encore son nom au treizième siècle [4]. Ces exemples de récits en langue francique dérivés des poésies des Goths, montrent avec évidence, que ces dernières ne purent être inconnues à Charlemagne, et qu'elles durent entrer dans la collection qu'il fit faire, ainsi que celles des Lombards, des Bourguignons et des autres peuples de la même famille.

Ces monumens littéraires et historiques, qui avaient mérité les soins du grand empereur, continuèrent pendant le moyen âge à attirer l'attention des poëtes et des peuples. Ils subirent des changemens dans la forme et dans le langage : leurs parties furent combinées de plusieurs manières, et quatre siècles après Charlemagne ils se résumèrent dans de grands ouvrages poétiques. Le plus remarquable de ces résultats est le célèbre *chant des Nibelungen*. Ce poëme, maintenant si admiré, a été bien longtemps absolument oublié. Wolfgang Lazius, et quelques autres anciens écrivains, en avaient cité de courts fragmens comme échan-

1830. in-fol.) a donné le *fac-simile* des deux feuillets qui contiennent ce fragment. Gley en a fait deux versions françaises. M. Ampère en a fait une autre que M. de Chateaubriant a publiée (*Etud. historiq.*, T. III, p. 124 et suiv.)

[1] *Wilkina Saga*, cap 375-378, pp. 509-514. — On y lit que Hildebrand était célèbre *vel in eruditorum Scriptis, vel communi hominum colloquio.*

[2] *Kæmpe-Viser.*, 1787, p. 63-66.

[3] *Das Lied von Hild. und Halubr.* Cassel, 1812. 4°.

[4] Arnold. Lubec., *chr. Slavor,* lib. VII, 20, p. 566, ed. Bangert. Ad transitum arctum montibus præclusum, qui Veronensium Clusâ dicitur, ubi Castrum est firmissimum quod ex longâ antiquitate urbs Hildebrandi dicitur.

tillons de poésie nationale, mais ce fut Bodmer qui le premier le fit connaître en 1757, et il n'a été imprimé en entier qu'en 1782.

Cette épopée, que Jean de Müller a désignée comme l'*Iliade du Nord*, a éprouvé plusieurs rédactions successives, avant de prendre la forme sous laquelle on l'a retrouvée. A. W. de Schlegel reconnaît que son origine est voisine des temps d'Attila et de Théodoric. Selon lui, les chants qui en sont la source furent répandus en Allemagne par les Ostrogoths et les Bourguignons; et, comme nous l'avons dit, ils parvinrent avec quelques altérations au temps de Charlemagne, qui les admit dans la collection qu'il fit faire. Un second remaniement de ce poëme eut lieu au dixième siècle et un troisième avant la fin du douzième. Ces deux dernières rédactions sont indiquées par l'introduction de personnages, qui, transportés au temps d'Attila, forment de singuliers anachronismes. Nous entrerons plus tard dans quelques détails sur ce sujet. Quant à la rédaction actuelle du poëme, elle date des premières années du treizième siècle. M. de Schlegel le prouve par l'examen du langage et de la versification, par l'âge des manuscrits, par la mention répétée de la ville de Vienne, dont la fondation est du douzième siècle, enfin par les allusions relatives au poëme des *Nibelungen* qui se rencontrent dans les ouvrages de Wolfram d'Eschenbach [1].

Jean de Müller, frappé de l'analogie du langage des *Nibelungen* avec le dialecte du Hasli, semble croire que l'auteur de cette épopée était Suisse. Il désigne même un d'Eschenbach, seigneur du château d'Unspunnen; mais

[1] Aug. W. Schlegel..... *in Fred. Schlegel. Deutsch Museum*, T. I et II.

M. de Schlegel remarque que ce rapport de dialecte prouve seulement que le haut allemand s'est conservé en Suisse mieux que partout ailleurs. Wolfram d'Eschenbach paraît avoir été Bavarois, et dans plusieurs passages de ses œuvres il semble employer l'ironie contre les *Nibelungen*. M. de Schlegel montre ensuite, par une étude très-détaillée de la géographie de ce poëme, que l'Autriche est le pays le mieux connu de l'auteur, qui témoigne de la prédilection pour ce pays et de la haine contre la Bavière. D'après ces considérations et l'âge du poëme, il pense que son auteur devait être attaché à l'un des deux ducs d'Autriche du nom de Léopold, et par une conjecture un peu hardie, il veut le reconnaître dans Henri d'Ofterdingen, né en Souabe, mais qui vécut en Autriche; et qui, au fameux combat poétique de Wartbourg (en 1207), fut vainqueur de Wolfram d'Eschenbach [1]. D'autres critiques ont attribué les Nibelungen à Conrad de Wurtzbourg, ou au Hongrois Klingsor.

Le sujet de ce grand poëme est la destruction des Bourguignons ou *Nibelungen* par Attila, événement que l'histoire indique à peine, tandis que la poésie lui a donné le plus vaste et le plus brillant développement. Cette épopée est divisée en trois parties, et se compose de 4316 strophes, chacune de quatre vers rimés. J'exposerai en abrégé la marche du poëme et les aventures qu'il renferme.

Après avoir annoncé qu'à l'exemple des anciens contes qui célèbrent les hauts faits des héros, il va chanter les merveilleux exploits des chevaliers, le poëte décrit la cour de Bourgogne. Les trois rois Gunther, Gernot et Ghi-

[1] Aug. W. Schlegel, *ibid.* — V. aussi Fréd. Schlegel, *Hist. de la littér. anc. et mod.*, T. I, p. 392, trad. franç.

seler, fils de Danckart et de Uté, régnaient à Worms. La belle Chrimilde était leur sœur, et Hagen de Troneck le plus redoutable de leurs guerriers. Dans le même temps Sigemond gouvernait les Pays-Bas : il habitait Santen, et Sigfrid était son fils. Sigfrid acquit de bonne heure la renommée d'un chevalier accompli : il n'aimait que les armes et ne recherchait que les combats. Il fut vainqueur dans plusieurs aventures terribles et merveilleuses. Cependant sur le bruit de la beauté de Chrimilde, il conçut le projet de s'en faire aimer et de combattre, s'il le fallait, tous les chevaliers Bourguignons. Dans ce but il partit pour Worms avec une suite brillante. Au moment de son arrivée Hagen de Troneck annonce au roi qu'il soupçonne que cet étranger est le fameux Sigfrid, ce héros célèbre par tant de combats, qui avait été choisi par *Schilbung et Nibelung* pour leur faire le partage du trésor des *Nibelungen*. Sigfrid reçut d'eux pour récompense l'épée *Balmung*, mais bientôt ils prirent querelle avec lui, Sigfrid les tua et leur enleva cet immense trésor, qu'il confia au nain Albéric. Sigfrid découvrit que ce nain, dans le but de venger ses anciens maîtres, voulait le trahir; alors il le poursuivit sur les montagnes et lui enleva le chapeau magique. Hagen raconte encore que, dans une autre aventure, Sigfrid tua un dragon, dont le sang rendit sa peau aussi dure que la corne.

Le héros de Santen est bien reçu à Worms, et pendant son séjour dans cette ville la guerre ayant éclaté entre les Bourguignons et les rois de Saxe et de Danemark, il marche contre ces rois et remporte une éclatante victoire. C'est dans les fêtes qui suivent ce triomphe qu'il déclare ses intentions à la belle Chrimilde. Cependant Gunther devient amoureux de Brynhilde, reine d'Iseuland. Ce n'était que par de terribles combats qu'on pouvait obtenir la main de cette redoutable amazone, dont une ceinture magique augmentait merveilleusement la force ; mais par le secours de Sigfrid et du chapeau enchanté, le roi de Worms triomphe de toutes les épreuves et parvient à être l'époux de Brynhilde. Il donne alors Chrimilde à Sigfrid qui retourne avec elle dans les Etats de son père.

Après plusieurs années ces époux revinrent à Worms. C'est là qu'une querelle entre Chrimilde et Brynhilde amène la mort de Sigfrid, qui est assassiné à la chasse par Hagen et Gernot. Ils percèrent le héros du Zuidersée entre les deux épaules, seul endroit de son corps qui fut vulnérable, parce qu'une feuille l'avait préservé du contact du sang du Dragon. Les guerriers *Nibelungen* lui enlevèrent l'épée Balmung et le trésor qu'il avait conquis.

Quatre années après cet événement *Etzel*, roi des Huns (Attila), qui avait perdu sa femme *Helcha* [1], fait demander la main de Chrimilde par Rudiger, margrave de Béchelar, qu'il envoie à Worms. Chrimilde refuse d'abord, mais le désir de venger Sigfrid, de recouvrer son trésor et l'espoir de convertir le roi des Huns à la foi chrétienne, la déterminent à devenir l'épouse d'Attila. Conduite par *Rudiger* elle traverse l'Allemagne, s'arrête à Passau chez son oncle le bon évêque *Pilgérin* (saint Piligrinus), puis à *Béchelar* (Péchlarn) où elle est reçue par *Gotelinde* femme de Rudiger. Etzel vient à la rencontre de son épouse jusqu'à *Toulna* et la conduit à Vienne, où le mariage est accompli. On le célèbre par dix-sept jours des plus brillantes fêtes : puis les nouveaux époux et leur suite se rendent à Etzelbourg en Hongrie, capitale de leurs immenses Etats.

[1] *Herkia* dans l'Edda. — *Kreka*, dans Priscus. — *Erka* dans la Wilkina Saga.

La haine de Chrimilde n'est point éteinte, et pour l'assouvir elle engage Etzel à convier les rois de Worms à sa cour. Les poëtes du roi des Huns, Werbel et Swemel leur portent cette invitation. L'été suivant les *Nibelungen* partent de Worms avec une suite de dix mille hommes, et après un long voyage ils sont reçus à Passau par l'évêque Pilgérin, puis dans la ville de Béchelar par le margrave Rudiger, qui leur accorde l'hospitalité la plus gracieuse, les comble de présens, et fiance sa fille au jeune Ghiseler. Au moment du départ Rudiger se joint aux voyageurs et ils arrivent ensemble à la cour d'Etzel, auprès de qui *Dietrich de Bern* (Théodoric de Vérone) tient le premier rang.

Etzel a fait construire un palais et une salle immense, dans laquelle douze rois et leurs suites pourraient habiter. C'est là qu'on conduit les *Nibelungen*, afin qu'ils prennent du repos. Mais ils ont conçu quelque défiance : Hagen et Wolker, le vaillant poëte de la cour de Bourgogne veillent et font la garde. Des troupes de Huns s'approchent à deux reprises de cette salle, mais deux fois l'effrayant aspect de Hagen suffit pour les repousser.

Les *Nibelungen*, conservant leurs armures, vont le lendemain à une messe que Hagen juge devoir être la dernière pour ses compagnons et pour lui-même. Etzel et Chrimilde y assistent. Après le service divin on s'exerce à la joute. Les Huns ne sont d'abord que spectateurs, les *Amelungs* (les Amales, les Goths de Théodoric) sont retenus par les ordres de leur prince, mais Wolker, choqué des manières d'un jeune Hun, l'attaque et le tue d'un coup de lance. Alors la mêlée menace de devenir générale, cependant Etzel sépare les combattans, réprime les Huns, protége ses hôtes, et les reconduits à leurs logemens.

Chrimilde, poursuivant ses desseins, demande la mort

de Hagen à Dietrich, mais ce héros et le brave Hildebrand refusent de servir sa haine. Elle s'adresse alors à Blœdelin, lui promet des richesses, une province, une belle femme, et il s'engage à la venger.

Un festin rassemble les *Nibelungen* et les Huns. On y apporte le fils d'Etzel, mais bientôt on apprend que Blœdelin (Bléda), frère d'Etzel, a attaqué les Bourguignons et qu'il a été tué par Dankwart. Ce combat coûte la vie à neuf mille Huns et seulement à douze des chevaliers que commande Dankwart. Celui-ci, renversant tout sur son passage, accourt dans la salle du festin, et Hagen, apprenant ce qui s'est passé, plonge son épée dans le sein de l'enfant royal, ordonne à Dankwart de garder la porte, traite Etzel d'imbécille et commence à faire un grand carnage des Huns. Alors Chrimilde s'adresse de nouveau à Dietrich, qui cherche vainement à s'interposer; il ne peut qu'emmener le roi et la reine hors de la salle. Le margrave Rudiger reste neutre comme Dietrich, et sort aussi avec cinq cents de ses guerriers.

Tous les Huns qui étaient dans la salle ont péri, les *Nibelungen* sont vainqueurs de plusieurs des chevaliers de Chrimilde. Alors cette reine fait mettre le feu au palais.... Les Nibelungen parviennent à échapper à l'incendie, et au point du jour ils sont de nouveau attaqués par une armée de Huns.

Chrimilde et Etzel se réunissent pour exiger que Rudiger, l'un de leurs grands vassaux, prenne part au combat. Le margrave, qui voit un fils dans Ghiseler, résiste longtemps à leurs instances. Il obéit enfin au devoir de vassal et attaque les *Nibelungen*, en leur témoignant les plus grands regrets d'y être forcé. Il donne même à Hagen son bouclier en signe d'amitié. Enfin un combat terrible s'engage : Rudiger est tué par Gernot, qui lui-même est blessé à mort, et tous les guerriers du margrave périssent.

Dietrich s'irrite de la mort de Rudiger, et il envoie Hildebrand aux informations. Les guerriers de Bern demandent le corps du margrave, les *Nibelungen* le refusent, et il en résulte un combat plus terrible encore que les précédens. Ghiseler y perd la vie, et il ne reste des *Nibelungen* que Gunther et Hagen. De l'autre côté, tous les Amales périssent à l'exception de Hildebrand, qui est blessé par Hagen.

Cependant Dietrich s'arme : il s'avance, il demande à Gunther et à Hagen de se rendre à lui : il s'engage à être leur protecteur. Hagen rejette cette proposition : ils combattent, et le prince des Amales ayant blessé Hagen, parvient à le lier et le porte à Chrimilde, en lui demandant de respecter sa vie. Il revient ensuite combattre Gunther et lui fait éprouver le même sort. Il demande encore à la reine la vie de ses deux prisonniers, et se retire pour pleurer.

Alors Chrimilde réclame de Hagen le trésor des *Nibelungen*, mais il répond qu'il l'a jeté dans le Rhin. La reine fait tuer Hagen et va présenter sa tête à Gunther. Tous les *Nibelungen* ont péri, s'écrie le roi de Worms, il ne reste que Dieu et moi qui sachions où est le trésor; femme cruelle! tu ne le reverras jamais. A ces mots, Chrimilde saisit Balmung, l'épée de Sigfrid, et fait tomber la tête de son frère. Etzel, qui est présent, ne sait que se désoler, mais Hildebrand furieux de ce que Chrimilde a immolé les prisonniers de Dietrich, la frappe d'un coup qui lui ôte la vie. Etzel est Dietrich, restés seuls, pleurent amèrement leurs amis [1].

[1] Voici ce qu'on a publié en France sur les *Nibelungen* :

En rapprochant l'épopée germanique des récits de l'histoire, on reconnaît les *Nibelungen* dans les Bourguignons, qui, au commencement du cinquième siècle, occupaient les bords du Rhin. Dans le siècle précédent ils étaient établis à l'orient de ce fleuve, dans le pays appelé *Capelatium* ou *Palas*, vers la Sale et le Mein [1]. Ils n'avaient alors que des chefs, mais un peu plus tard *Gibica* ou *Gibicho* devint leur roi [2] : il est nommé *Giuk* dans l'Edda. Il eut

La seconde partie de ce poëme, *la Vengeance de Chrimilde*, a été traduite dans la *Biblioth. des Romans*, 1789, juin. T. I, pp. 277-361.

Une analyse détaillée, suivie de remarques historiques et littéraires, par G.-H. S., a paru dans la *Nouv. Rev. Germ.*, 1830, mai. p. 1-26, et juin, p. 101-135.

Quelques fragmens traduits par Mme de la Maltière, avec des notes. *Nouv. Rev. Germ.*, 1832. mai, p. 38-52.

M. de Chateaubriand a publié (*Etud. Hist.*, T. II, p. 387-395) des notes et une courte analyse, dont M. Bunsen, ministre de Prusse à Rome, est l'auteur.

M. Saint-Marc Girardin (*Notices politiq. et littér. sur l'Allemagne*, 1835, 8°, pp. 345-368) a traduit les quatre premières aventures et a annoncé la traduction de tout le poëme.

M. A. Peschier (*Hist. de la littér. allem.*, 1836. T. I, p. 236-258) a analysé les Nibelungen.

La *Nouv. Rev. Germ.* (1834, T. II et III) a donné la traduction d'une tragédie de Raupach, intitulée *le Trésor des Nibelungen.*

J'ai précédemment parlé des travaux de M. Ampère.

[1] Amm. Marcell., XVIII, 2, 15 et not. Wagner. — *Hieronym. chr. an Chr.*, 374. Burgundionum LXXX ferme millia, quod nunquam antea, ad Rhenum descenderunt.

[2] *Lex Burgund.*, tit. 3 : Si quos apud regiæ memoriæ auctores nostros, id est, Gibicam, Godomarem, Gislaharium, Gundaharium, patrem quoque nostrum et patruos, liberos fuisse constiterit.....

Carmen de Walthar, v. 14 : Quorum rex Gibicho solio pollebat

pour fils *Godomar*, *Gislahar* et *Gundahar* ou *Gundicarius*, qui sont appelés *Gernot*, *Ghiseler* et *Gunther* dans le poëme des *Nibelungen*. *Gundahar* s'établit sur le Rhin vers l'an 413 [1], et résida à Worms, ancienne ville des *Vangiones*, appelée jadis *Borbetomagus*. La catastrophe qui fit périr les *Nibelungen* est indiquée sans détail par les auteurs des chroniques. L'un dit que *Gundicaire fut tué par les Huns avec son peuple et ses enfans ;* l'autre que *vingt mille Bourguignons périrent*, et ces massacres paraissent se rapporter à l'an 436 [2]. Voilà tout ce qu'apprend l'histoire. Aussi ce n'est pas de ses récits que le poëme des *Nibelungen* a été tiré, et il faut reconnaître que ses sources sont uniquement les poésies des âges précédens. Elles seules remontaient aux temps voisins d'Attila, elles seules en avaient conservé les souvenirs que l'histoire avait laissé échapper.

Gundicaire périt : mais son peuple ne fut point entièrement détruit. Il paraît même que ce prince laissa des enfans qui gouvernèrent la *Sapaudia* et le pays des *Sequani*, où les Romains les obligèrent à s'établir. La généalogie de ces rois de Bourgogne présente des difficultés qu'il n'est heureusement point nécessaire à notre but de chercher à résoudre.

in alto. — *Ibid.*, v. 115 : Interê à Gibicho defungitur, ipseque regno Guntharius successit.

[1] Prosper., *Fast. consul.* : Lucio consule Burgundiones partem Galliæ propinquam Rheno obtinuerunt. — Cassiodor., *chr.*, p. 367. ed Garet. — Gundahar est nommé *Guntiarius* par Olympiodore, p. 7.

[2] Prosper., *Aquit. chr.*, *an.* 436 : Gundicarium.... siquidem illum Hunni cum populo suo ac stirpe deleverent. — V. Cassiodor., *Chr.* — Prosper. Tir., apud Scalig. *Thes. tempor.*, T. I, p. 52. — Idacii, *Chr.*, *ann.* 437. — Paul. Diac., *de Episc. Mettens.*, apud Bouquet. *Rec. des histor. de France*, I, p. 649.

Les auteurs qui ont voulu retrouver dans l'histoire le héros invulnérable des *Nibelungen*, l'ont reconnu dans un roi mérovingien ou dans un maire du palais. La première de ces opinions désigne Sigebert Ier, roi d'Austrasie et de la France orientale. Santen faisait partie de ses Etats, et il fut assassiné à Vitry par deux pages, que Frédégonde, femme de son frère, avait engagés à ce meurtre. Cela n'est pas quelque rapport avec la mort de Sigfrid, et dans cette hypothèse Brynhilde et Chrimilde répondraient à Frédégonde et à Brunehaut. Sigebert fut inhumé à Saint-Médard de Soissons, et l'on plaça un dragon aux pieds de sa statue, mais on ne saurait nullement en faire un rapprochement avec Sigfrid, car il est reconnu que les figures du tombeau de Sigebert sont d'une époque trop récente [1] pour qu'on y puisse voir une allusion à la victoire sur le dragon. D'ailleurs la création poétique du personnage de Sigfrid nous paraît antérieure à la mort du roi austrasien.

Freher expose une autre hypothèse. Il prétend qu'un Sigebert, maire du palais d'Austrasie, sous le règne de Thierri, et vers l'an 528, habitait Worms avec sa femme Chrimilde, et qu'il est le Sigfrid célébré par les poésies allemandes. Freher ne cite aucune autorité historique, et ce qu'il dit n'est fondé que sur des fables populaires. Il ajoute que l'on voyait à Worms *la maison des géans*, et que l'on racontait que Sigfrid, l'un d'entre eux, *per totam propè Germaniam decantato*, avait été enterré dans l'église de Sainte-Cécile. L'empereur Frédéric III voulut vérifier cette tradition et fit faire des fouilles à l'endroit désigné, mais on ne découvrit rien, et à une

[1] Le Moine, *Hist. des Antiquit. de Soissons*, T. II, p. 33.

certaine profondeur les eaux empêchèrent la continuation de ces inutiles travaux [1].

Nous avons dit précédemment que les rédacteurs successifs du poëme des *Nibelungen*, y avaient introduit des personnages qui étaient beaucoup plus modernes que l'époque à laquelle l'action était supposée se passer. On voit paraître en effet, dans les *Nibelungen*, Rudiger, margrave de Péchlarn, en Autriche, et saint Piligrinus, évêque de Lorch et de Passau. Jean de Müller pensait qu'ils avaient l'un et l'autre obtenu une place dans le poëme, lors du remaniement qui doit en avoir été fait dans la dernière moitié du dixième siècle. Mais A.-W. de Schlegel observe, avec raison, que cette époque s'applique fort bien à Rudiger, mais ne saurait convenir à saint Piligrinus, qui vécut jusqu'aux dernières années de ce même siècle. Quelles que soient les libertés permises aux poëtes, on ne pouvait guère reporter au temps d'Attila le saint évêque de Passau, en présence de tous ses contemporains. Ces anachronismes ne peuvent être tentés que pour des personnages que le temps a déjà placés à une certaine distance. Cette considération a déterminé M. de Schlegel à admettre, pour les *Nibelungen*, une recension de plus que Jean de Müller; il pense qu'elle eut lieu au onzième ou douzième siècle, et que ce fut alors que la légende de Piligrinus fut introduite dans le poëme. Nous avons déjà dit que les *Nibelungen*, tels qu'ils nous sont parvenus, furent rédigés dans les premières années du treizième siècle, et il faut remarquer que la connaissance des romans de chevalerie provençaux et français, acquise par les Allemands vers le milieu du siècle pré-

[1] Freher., *Origin. Palatin.*, part. 2, cap. 13, p. 63. — *Conf. Chronic. Wormat.*, *apud Ludewig. reliq. mss.*, T. II, p. 170.

cédent, dût avoir une influence sur les changemens que ce poëme éprouva. Il rend lui-même témoignage des formes successives qui lui furent données, puisque, dès son début, il se réfère aux *anciens* contes, et que dans la dernière partie (*die Klage*), il rappelle que ces aventures ont été *souvent le sujet de poésies en langue allemande*.

Rudiger, dans les *Nibelungen*, est un guerrier aussi brave que généreux. Il reçoit, dans Péchlarn, les rois de Worms, lors de leur voyage à la cour d'Attila, et accorde sa fille à Ghiseler. Il était déjà célèbre dans des poésies allemandes antérieures aux deux dernières recensions des *Nibelungen* [1], et les écrivains latins lui donnent le nom de Roger.

Dans l'histoire, Péchlarn, ville située dans la basse Autriche, sur la rivière d'Erlaph, entre Ips et Melck, est la résidence des anciens margraves d'Autriche. Rudiger y commanda au neuvième et au dixième siècle, et il prit une part active dans les guerres des empereurs Conrad, Henri Ier et Otton, contre les Hongrois et Arnoul-le-Mauvais, duc de Bavière [2].

Saint Piligrinus, appelé dans les *Nibelungen*, le *bon*

[1] Metelli Tegernens : *Quirinal. apud Canis. lect. Antiq.*, T. III, part. 2, p. 154, ed. Basnag. :

.....Orientis habet regio
Flumine nobilis Erlasia
Carmine Teutonibus celebri
Inclita Rogerii Comitis
Robore.....

Metellus écrivait vers le milieu du onzième siècle.

[2] Aventin., *Annal. Boior.*, lib. VIII, p. 376. — Wolf. Lazius, *de aliq. gent. migration.*, lib. VII, p. 353. — Hansiz., *Germ. Sacr.*, I, p. 188. — Hundt., *Metropol. Salisb.*, T. I, p. 201.

évêque Pilgérin, y joue un rôle moins brillant que Rudiger. Il est frère de *Uté*, mère des rois de Worms : il exerce l'hospitalité la plus bienveillante, et reçoit successivement à Passau, sa nièce Chrimilde, les envoyés d'Attila et ses neveux les rois bourguignons. Il n'est question de lui que dans ces occasions. L'histoire parle de saint Piligrinus : il fut évêque de Lorch et de Passau, l'un des apôtres de la Hongrie [1], il baptisa le roi Geysa et termina sa carrière l'an 991.

Les historiens allemands ont écrit que saint Piligrinus descendait du margrave Rudiger [2], et M. de Schlegel pense que ce fut cet évêque qui fit faire l'édition des *Nibelungen* du dixième siècle, en y ménageant un beau rôle à son illustre ancêtre. On trouve dans *la Plainte*, dernière partie des *Nibelungen*, un passage aussi obscur qu'important sur un travail ordonné par l'évêque de Passau. On y dit qu'il fit écrire ces aventures en lettres latines (*Latinischen buochstaben*), et que *maître Conrad* fut son écrivain. Quelques savans, d'après ce passage, ont cru pouvoir attribuer à *Conrad de Wutzbourg* le poëme des *Nibelungen*, qui existe maintenant. Nous sommes fort incertains sur le degré de foi que mérite le témoignage de *la Plainte*, relativement à la langue que Piligrinus fit employer pour écrire l'ouvrage qu'elle désigne. Nous avons de la peine à croire qu'il ait fait traduire les *Nibelungen* en langue latine. L'auteur de *la Plainte* ne se serait-il point

[1] Pray., *Annal. Hunnor.*, p. 373.

[2] Hansiz., *Germ. Sacr.*, I, p. 206 : de genere Pilligrint, cum nobilissimun fuisse constat..... opinio est fuisse de genere Rudigeri Pechlarnensis.

Hundt., *Metropol. Salisburg.*, T. I, p. 301 : Dicitur natus.... Piligrinus ex familiâ Roderici seu Redigeri de Præclara hodiè Pechlarn.

trompé? Ecrivant environ deux siècles et demi après la mort de l'évêque de Passau, n'aurait-il pas indiqué par erreur, comme écrit en latin, un poëme réellement écrit en allemand? Il serait fort extraordinaire que Piligrinus eût fait faire du même ouvrage une édition allemande et une traduction latine ; d'autant plus qu'il fit encore composer, en langue nationale, un autre poëme à la louange de Rudiger. L'écrivain en est inconnu : mais il y racontait les exploits du margrave, les guerres des Avares et des Huns en Autriche, le rétablissement du duc Arnould en Bavière, et les victoires qu'Otton-le-Grand remporta sur les Hongrois. Ce poëme, qu'on ne saurait confondre avec les *Nibelungen*, existe peut-être encore : il fut découvert par Vigileus Hundt dans un château d'Allemagne ; le comte de Ortenberg lui fit présent de ce manuscrit, et il le déposa, en 1557, dans la bibliothèque du duc de Bavière [1]. Hansizius pense que Wolfg. Lazius nous a conservé un fragment de ce poëme [2], mais les vers qu'il cite sont presque tous tirés des *Nibelungen*, et fort défigurés. Il n'y a que les quatre derniers, où l'empereur Henri est nommé, qui puissent peut-être appartenir au poëme découvert par Hundt.

Après avoir fait connaître les rapports du poëme des *Nibelungen* avec l'histoire, il faut le considérer en lui-même et le comparer avec l'Edda.

Les trois parties qui le composent peuvent se désigner par les noms des *Nibelungen*, de la *Vengeance de Chri-*

[1] Hundt., *Metrop. Salisburg.*, T. I, p. 201. — Hansiz., *Germ. Sacr.*, T. I, p. 206. — Ce manuscrit se retrouverait peut-être à Munich, si toutefois il a échappé au désastre qu'éprouva la bibliothèque de cette ville, lorsqu'en 1632, Gustave-Adolphe s'en empara.

[2] Wolfg. Laz., *de Aliq. gent. migrat.*, p. 353

milde et de la *Plainte*. La première a donné son nom au tout et nous avons déjà remarqué que la dernière a été postérieurement ajoutée aux deux autres. Celles-ci même paraissent avoir été une fois séparées, et composées chacune à une époque différente par la réunion de petits poëmes plus anciens, qui, ainsi que nous l'avons dit, formaient un cycle épique. Les différences que l'on trouve entre les deux premières parties attestent ce mode de formation. Ainsi, par exemple, les *Nibelungen*, dans la première partie, sont placés vers la Norwége : les nains et les géans habitent leur pays. Sigfrid, depuis l'Isenland va y chercher des secours. Dans la seconde partie les *Nibelungen* habitent Worms : ce sont les Bourguignons et leurs rois, fils de Gibica. Le nom des *Nibelungen* ne se trouve point dans l'histoire : il est uniquement réservé à la poésie, mais non pas exclusivement à la poésie allemande. Les Scandinaves l'ont traduit par *Niflunga* [1], et nous verrons qu'un poëme latin du dixième siècle désigne les guerriers de Worms par le nom de *Franci nebulones*.

La comparaison des chants de l'Edda avec le poëme des *Nibelungen*, établit évidemment deux grandes divisions dans ces poésies, *la branche scandinave* et *la branche allemande*.

Dans les poëmes et les sagas appartenant à la première, Théodoric ne joue aucun rôle [2]. Les deux branches poétiques s'étaient séparées, et les chants sur Attila étaient passés chez les Scandinaves avant l'époque où les Goths du midi avaient associé, dans leurs poésies, le prince des

[1] Ils tirent ce nom de *Næfil*, l'un des ancêtres de Giuk (*Fundinn Norregur*, p. 12, *apud Biorner. Volum. Historic.*

[2] Théodoric est cependant nommé deux fois dans l'Edda (T. II, pp. 328-330), mais d'une manière si brève, qu'on peut croire qu'il n'y tient cette place, si peu digne de lui, que par une confusion qui a substitué son nom à celui de Theodemir son père, qui fit partie de la suite d'Attila.

Amales et le roi des Huns. C'est dans la seule branche allemande que Théodoric de Vérone est le héros par excellence, à qui rien ne peut résister.

Les récits scandinaves contiennent de grands détails sur l'origine du trésor, sur les nains et le dragon qui le possédèrent, ainsi que sur la manière dont Sigurd s'en empara. D'après eux, le dragon est tué au moment où il franchit le fossé qui recèle Sigurd. Le trésor est emporté sur un cheval et Sigurd est assassiné dans son lit. Les poésies allemandes ne disent rien de l'origine du trésor, ni de la malédiction qui y était attachée. Hagen raconte par occasion, et brièvement, que Sigfrid a tué les *Nibelungen*, a enlevé leurs richesses et le chapeau magique du nain Alberic. L'aventure du dragon dont le sang a rendu son vainqueur invulnérable, est indiquée en peu de mots et ne se lie point au trésor. Selon les Allemands, le dragon fut tué sous un rocher ou dans une grotte : le trésor fut enlevé sur un vaisseau, et le meurtre de Sigfrid fut commis à la chasse [1].

[1] On aura remarqué, dans l'exposé que nous avons donné ci-dessus du contenu de l'Edda, une contradiction frappante sur le lieu de la mort de Sigurd. Nous avons dit d'abord qu'il fut assassiné dans son lit; ensuite que Gudruna comprit son malheur en voyant le cheval *Grani* revenir sans son maître. Ces traditions opposées sont tirées de deux odes différentes, et l'on sait que ces chants de l'Edda ne sont ni du même âge, ni du même auteur. Les Scandinaves reconnaissent formellement pour leur tradition nationale, celle qui fait assassiner Sigurd dans son lit, et affirment que ce sont les Allemands qui placent sa mort dans une chasse. Les chants de l'Edda intitulés : *Brynhildar quida* 2, (T. II, p. 248) et *Gudrüna quida* 2 (T. II, pp. 293-296), qui rappellent cette dernière opinion, ont donc été écrits sous l'influence des récits allemands, et doivent par conséquent être moins anciens que d'autres portions de l'Edda. Une chanson danoise, raconte que Sigurd fut renversé et tué par son cheval, qu'elle nomme *Graaman*. (*Edda*. T. II, p. 890, not.).

L'Edda raconte que le sang du dragon ajouta à l'intelligence de Sigurd, et lui fit comprendre le langage des oiseaux. Le poëme allemand se borne à dire que ce sang durcit la peau de Sigfrid et la rendit semblable à de la corne.

Au rang des différences les plus marquantes qui existent entre les branches scandinave et allemande, il faut placer la diversité de nom et surtout de caractère qu'elles attribuent à l'héroïne. Chez les Scandinaves, la femme de Sigurd se nomme *Gudruna* : elle est fille de Chrimhilde. Elle ne veut point la perte de ses frères ; c'est Atli son second mari, qui la complote. Elle, au contraire, cherche à les sauver, et après leur mort elle les venge d'une horrible manière. Chez les Allemands, Chrimhilde poursuit sur ses frères la vengeance de son premier époux, et après l'avoir satisfaite elle est tuée par Hildebrand ou par Théodoric, tandis que dans les récits scandinaves Gudruna, vengée d'Atli, passe en d'autres pays et à d'autres aventures.

Dans le poëme des *Nibelungen*, Chrimhilde est une princesse bourguignonne de Worms, fille du roi Danckart. Mais d'autres autorités lui assignent une autre famille, et la font fille d'Ardaric, roi des Gépides [1] ou du roi de Thuringe [2], ou d'un duc de Bavière [3], ou enfin d'un duc de Saxe [4].

L'*Edda* et les *Nibelungen* sont donc les types des deux branches que nous avons distinguées. Mais ces poëmes ne sont pas les seuls récits qui se rapportent au cycle

[1] W. Lazius., *de Aliq. gent. migrat.* p., 757.

[2] Pigna., *Hist. de' principi di Este.*, p. 9.

[3] Nic. Olahus, *Attil.*, cap. XVII, p. 192.

[4] *Pistorii Genealog. Reg. Hungar.* apud Schwandner, *Script. rer. Hungar.* T. I, p. 758.

d'Attila : il en existe d'autres, plus ou moins considérables, qui se rattachent aux mêmes traditions. Ils sont de divers temps et en diverses langues, en vers ou en prose. Nous donnerons une idée des principaux, en commençant par ceux qui se classent dans la branche scandinave.

La plus remarquable de ces compositions après l'Edda, porte le titre de *Volsunga Saga*[1]. Elle ne contient aucune trace de christianisme, mais malgré ce caractère d'antiquité, on ne croit pas qu'elle ait été composée avant le 13me siècle. Elle raconte les exploits et les crimes des Volsunges, depuis Sige, roi de Hunnaland, qui est le chef de leur race. Parmi ces aventures on remarque la trahison de Siggeir, roi de Gautaland, envers Volsung et ses fils : elle ressemble tout à fait à la perfidie d'Atli envers les fils de Giuk. Au chapitre vingt-troisième commence l'histoire de Sigurd et de son éducation par le nain Reigin, qui lui raconte l'origine du trésor que garde son frère Fafner et sa haine contre lui. L'auteur semble avoir eu pour but de faire en prose, et d'une manière suivie, un résumé des chants de l'Edda. Il se réfère souvent à d'anciennes poésies : il en cite des fragmens dont quelques-uns se trouvent dans l'Edda, tandis que d'autres appartiennent à des poëmes qui n'existent plus. *La renommée des Volsunges et des Giukunges se conserve*, dit-il, *dans les traditions et les poëmes.*

La grande analogie qu'il y a entre l'Edda et la Volsunga Saga dispense de faire l'analyse de cette dernière. Cependant on doit remarquer que cette Saga est quelquefois plus abrégée, et d'autres fois plus détaillée que l'Edda. Ainsi, lorsque Sigurd se prépare à tuer Fafner, on trouve

[1] Apud Bioerner., *Volum. Historic.*

dans la Volsunga Saga l'apparition d'un vieillard qui lui donne des conseils. La liaison de Sigurd avec Brynhilde n'est point aussi innocente que dans l'Edda. Il en résulte une fille qui porte le nom d'*Aslauga*[1]. Après avoir raconté le supplice de Swanhilda et l'issue funeste de l'entreprise tentée par ses frères pour la venger, la Volsunga Saga finit par un récit qui lui est tout à fait particulier, et qui contient l'histoire d'Aslauga. Brynhilde, en mourant, l'avait confiée à un serviteur fidèle nommé Heimer, qui, pour la soustraire aux haines qui menaçaient son enfance, l'enferma avec ses richesses dans une grande harpe et la porta dans les régions septentrionales. Il y fut assassiné par des hôtes perfides, qui s'emparèrent d'Aslauga et de ses trésors, et cette princesse infortunée passa sa jeunesse dans l'exercice des emplois les plus vils. C'est ainsi que se termine la Volsunga Saga, sans faire connaître le reste de l'histoire d'Aslauga.

Dans une autre Saga, du quatorzième siècle, un personnage appelé *Gest* raconte qu'il a vu Sigurd, fils de Sigemund, à la cour de Halfrec, roi de Frackland (Franconie). Il décrit ses aventures, son combat avec le serpent, son arrivée au château de Brynhilde, son mariage avec Gudruna et sa mort[2]. L'auteur suit les traditions scandinaves, mais on voit que celles des Allemands étaient connues dans son pays, puisque en racontant le meurtre de Sigurd il a soin de dire que les Allemands (thydverskir menn) prétendent qu'il fut commis dans une chasse. Cette même Saga contient le singulier dia-

[1] Cette tradition se trouve encore ailleurs. V. *Islands Landnamabok*, p. 383. Hauniæ, 1774.

[2] Norn. *Gesti Sag.*, apud Bioerner., *Volum. historic.*

logue entre la géante de la montagne et Brynhilde, qui se lit aussi dans l'Edda [1].

Mais longtemps avant l'époque où ces Sagas furent rédigées, et avant le temps de Sœmund, les chants des Scandinaves avaient rendu populaires les aventures de Sigurd. On sait, en effet, qu'au milieu du onzième siècle, un roi de Norwége ayant aperçu deux artisans qui se battaient, ordonna à son skalde de composer des vers sur ce sujet, en supposant que l'un des combattans était Sigurd et l'autre Fafner. Il résulta de cette plaisanterie du roi une sorte de parodie dont quelques strophes ont été conservées [2], et qui prouve que l'histoire de Sigurd était fréquemment chantée dès ce temps-là.

Les communications si fréquentes entre la Scandinavie et les Iles Britanniques portèrent, dans ce dernier pays, les poésies relatives à Sigurd. Mais les Danois avaient déjà connu les récits des Allemands, et les poëtes de l'Angleterre reçurent des traditions mélangées. On les retrouve en cet état dans un poëme anglo-saxon, fort remarquable, composé au septième ou huitième siècle, sur les exploits et les aventures des *Princes Scyldinges*, ou Danois du Jutland [3]. Ces guerriers étaient Goths d'origine (*Géatas*), et *Béowulf*, fils d'Ecgthiof, était un des plus illustres. Il devint roi à la mort de *Higelac* et mourut en 340. Dans ce poëme on introduit un chan-

[1] Helreid Brynhildar, *Edda*, T., II, p. 260 et seq.

[2] *Edd. Rhythm.*, T. III, p. 899. not.

[3] *De Danorum rebus gestis sæcul.* III° *et* IV°, poëma Danicum dialecto anglo-saxonicâ, edid. G. Johns. Thorkelin. Hauniæ, 1826, 4°. Le manuscrit fait partie de la Bibl. Cottoniène, et son écriture paraît être du dixième siècle. L'éditeur croyait cette composition du quatrième siècle, mais il exagérait son antiquité.

teur qui raconte des faits héroïques, qui peint un guerrier attaquant un serpent gardien d'un trésor. Il le perce de son glaive *sous un rocher* et emporte *sur son vaisseau* les richesses du monstre.

Le manuscrit anglo-saxon qui a conservé ce poëme est écrit sans que les mots soient séparés, et l'éditeur, avant de le traduire, a dû établir le texte et sa ponctuation. Cette opération délicate, et toujours un peu arbitraire, a une grande influence sur le sens de chaque vers; aussi lorsque le même travail a été fait de nouveau par MM. Conybeare, leur texte s'est trouvé peut-être meilleur, mais certainement fort différent de celui du premier éditeur [1]. Dans la nouvelle recension, le vainqueur du dragon se nomme *Sigemund*, qui est le nom du père de Sigurd dans l'Edda, il est de la race de *Walsing* (*Volsung*), et ces noms complètent le rapport des traditions anglo-saxonnes avec celle de la Scandinavie.

On voit que le chantre de Béowulf n'a pas en tout suivi l'Edda, et le *rocher* sous lequel le serpent est tué, le *vaisseau* qui emporte l'or, ces traditions étrangères aux Scandinaves, prouvent que les récits des Allemands étaient parvenus chez les Danois avant l'époque de la composition du poëme anglo-saxon. D'autres poésies écrites dans la même langue parlent d'Ermanaric, d'Atli, de Guthere (Gunther), de Gifica et de Théodoric, et attestent ainsi les importations faites par les Danois en Angleterre. Leurs relations étaient d'autant plus faciles que les langues danoise et anglo-saxonne étaient presque identiques. On sait que vers l'an 1000 leur ressemblance était encore si grande, que Canut-le-Grand com-

[1] *Illustrations of Anglo-Saxon poetry*. Lond., 1826, 8°.

posait des vers qui étaient également compris par les deux peuples qu'il gouvernait[1].

On a recueilli dans les îles Féroë d'anciennes chansons qui ont le même caractère que le poëme de Béowulf. Elles contiennent un mélange des récits de l'Edda avec les traditions allemandes. Les aventures de Sigurd y paraissent sous le titre de *Siura Kveai*, qui répond au *Sigurda Quida* (*Sigurdi oda*) des Scandinaves [2].

Il semble que, par une conjecture assez probable, on peut retrouver dans l'histoire les *Giukunges* de l'Edda et de la Volsunga Saga. Paul Diacre, en parlant d'Agelmund, fils d'Ajo, chef des *Vinili* ou Lombards, affirme qu'il tirait son origine des *Gunginci*, qui étaient parmi eux la race la plus noble [3]. La Volsunga Saga parle en termes presque semblables des *Giukungi*[4], et nous penchons à croire que ces deux noms ne désignaient qu'une même famille. Les Bourguignons et les Lombards étant des peuples de même origine, chacun d'eux put facilement s'approprier des traditions qui peut-être appartenaient à l'autre. Cependant nous pensons que ce serait une erreur de placer les fils de Giuk parmi les Lombards, et d'après notre conjecture il y aurait aussi un anachronisme dans le récit de Paul Diacre, puisque Agelmund, chef de Lombards dans le pays des Rugiens, à une époque antérieure à leur arrivée sur le Danube, où ils parvinrent dans le second

[1] Turner., cité par Thierry, *Histoire de la conquête d'Angleterre*, T. I, p. 184.

[2] *Præf. ad. Edd.*, T. II, p. XXIII, not.

[3] *Hist. Longobard.*, I, 14. Marius Equicola, et quelques autres historiens, ont fait descendre des *Gunginci* la famille des Gonzague.

[4] *Volsung. Saga*, Cap. 47. Interim Volsungos et Giukungos celebritate famæ cunctos superasse heroas ac proceres.

siècle [1], ne pouvait point descendre du Giuk contemporain du père d'Attila. Si malgré ces difficultés on croit pouvoir reconnaître les *Giukunges* dans les *Gunginci* de Paul Diacre, le passage de cet historien prouvera la grande célébrité de cette famille au huitième siècle, et il n'est pas douteux qu'elle la devait aux chants et aux poésies qui avaient répandu sa renommée parmi les peuples de la race gothique et germanique. Le dialecte des Ostrogoths étant le plus cultivé, fut vraisemblablement le plus riche en récit poétique, et fut peut-être employé plus tard à les écrire.

Ces chants, d'origine gothique, qui ont pénétré dans tant de régions diverses, se sont-ils fait entendre dans la capitale de l'empire d'Orient? M. de Schlegel répond à cette question par une conjecture affirmative. *Les Warangiens*, dit-il, *fidèles aux mœurs et au goût de leur pays, apportèrent ce poëme à Constantinople, aux frontières orientales de l'Europe.* Il n'a pas donné de preuves de cette assertion, et, en effet, il n'en existe pas. Il n'est entré dans aucun détail sur sa probabilité, nous tâcherons de suppléer à son silence. On sait que des relations très-fréquentes existaient au moyen âge entre la Scandinavie et Constantinople. Les hommes du nord sortaient de leur pays pour aller servir les empereurs grecs, dont ils formaient la célèbre garde warangienne, et lorsque, au onzième siècle, Eric roi de Danemark vint dans la capitale de l'empire d'Orient, il y reçut les hommages des Warangiens, qui le reconnurent pour le souverain de leur nation [2]. Il y avait, dans cette grande cité, un nombre d'Islandais si considérable, qu'on y con-

[1] Petr. Magist. *in excerpt. legation.*, p. 24.
[2] Sax. Grammat, p. 228.

sacra une église à un saint évêque de Skalholt, mort à la fin du douzième siècle [1]. Dans cette foule de Scandinaves, plusieurs étaient d'une naissance illustre, et des princes norwégiens vinrent quelquefois se placer sous les drapeaux des empereurs [2]. Harald, l'un d'eux, était lui-même un poëte distingué [3], et l'on peut croire qu'il se trouvait dans les rangs des Warangiens d'autres hommes qui, suivant les usages du Nord, unissaient le goût des vers à celui des armes, et qui devaient, dans leur exil, se plaire à redire les anciennes poésies de leur pays. Les Warangiens conservaient leur langue, et aux fêtes de Noël ils regardaient comme un privilége honorable de s'en servir en adressant leurs vœux à l'empereur [4]. Pendant les mêmes solennités, les Goths exécutaient aussi en présence du souverain un chant national (το γοτθιχον) qui était accompagné par des instrumens de musique. Constantin Porphyrogénète en a conservé quelques vers, mais ils sont si défigurés que, malgré une espèce de glossaire polyglotte, qu'un Grec moderne y a ajouté, et en dépit des efforts de quelques savans critiques, ils sont restés absolument inintelligibles [5]. J'ajouterai que non-seulement les Scandinaves portèrent

[1] De Troïl, *Lettres sur l'Islande*, p. 62.

[2] Snorro Sturless., *Hist. reg. septent.*, T. II, p. 57. Cet historien raconte, dans un autre passage, que dans les fêtes données à Sigurd, prince de Norwége, par l'empereur Alexis, on vit paraître dans le cirque de Constantinople les représentations des Ases, des Wolsunges et des Ginkunges. — C'est ainsi que les hommes du nord interprétèrent les images qu'on offrit à leurs regards.

[3] Pontoppidan., *Gesta et vestig. Danorum*. T. I, p. 34.

[4] *Codin. offic.*, p. 90, n° 12, Ἰγκλινιςι.

[5] Constant. Porphyr., *De Cærimon. Aulæ Byzant.* lib. I, cap. LXXXIII et Reiskii, *Comment.*, p. III. — Forster., *Hist. des voyag. au nord*, trad. par Broussonet, T. I, p. 392 et suiv.

en Grèce leur langue, mais qu'ils y firent aussi usage de leur écriture, dont il reste le plus singulier monument ; car il est difficile de ne pas attribuer aux Warangiens les inscriptions runiques qu'on voit sur le lion qui fut jadis au Pyrée, et qui est maintenant à l'entrée de l'arsenal de Venise [1]. Ces détails, les seuls que nous ayons pu rassembler, ne contiennent aucune preuve positive de l'assertion que nous devions examiner ; cependant il reste probable que parmi les nombreux Scandinaves habitans de Constantinople, il y en eut qui chantèrent les poésies héroïques de leur pays, ou récitèrent les sagas qui avaient pour eux tant d'attrait. Mais ces récits et ces chants des barbares furent tout à fait fugitifs : ils n'excitèrent point de curiosité, ne furent point interprétés et ne laissèrent aucune trace.

Revenons maintenant aux récits de la *branche allemande*, à ceux qui se rattachent au grand poëme des *Nibelungen.* Nous avons suffisamment parlé des différentes formes qu'il a revêtues en divers temps, de ses éditions successives, et nous nous bornerons à dire que les remarques faites tout à l'heure à l'occasion du poëme anglo-saxon sur Béowulf, assurent aux poésies de la branche allemande une grande antiquité; car, pour que les traditions qui les distinguent aient pu être connues des habitans du Jutland, et qu'elles aient passé de là dans la Grande-Bretagne avant le septième ou huitième siècle, il faut nécessairement que leur existence remonte au moins au sixième siècle. On voit donc qu'elles égalent en ancienneté les chants de l'Edda. On trouve plus tard, mais cependant avant la dernière rédaction des *Nibelungen*, d'autres traces

[1] Akerblad., *Notice sur deux inscriptions runiques*. 8°. — Mustoxidi, dans l'*Antologia*, 1832, T. XLVII, pp. 78-83.

de la connaissance que les peuples des bords de la Baltique avaient des traditions allemandes. Ainsi, au commencement du douzième siècle, un chanteur saxon voulant avertir Canut, prince de Danemark et roi des Obotrites, des embûches qu'on lui tendait, chanta devant lui *la perfidie si connue de Grimilde envers ses frères*. L'historien a soin de prévenir que le prince connaissait parfaitement et aimait tout ce qui tenait aux Saxons, et qu'en chantant en sa présence cette *célèbre fraude*, c'était lui donner un salutaire avertissement [1].

Rappelons ici ce que nous avons dit précédemment du poëme d'Hildebrandt, traduit vers l'an 800 dans la langue des Francs, et le témoignage de l'archevêque Foulques, qui avait trouvé dans des *livres teutoniques* des récits semblables à ceux que l'Edda contient sur la famille d'Ermanaric, et concluons que bien longtemps avant les dernières rédactions des *Nibelungen*, les poésies d'origine gothique du cycle d'Attila étaient généralement connues dans toute l'Allemagne et y avaient été *translatées* dans ses différens dialectes. Elles devinrent si populaires que Wolfram d'Eschenbach les désigne plusieurs fois dans ses Romans, et dit expressément dans le Titurel, que les aveugles chantent *Seyfrid, dont la peau avait été rendue semblable à la corne par le sang d'un dragon.*

Un peu après la rédaction des *Nibelungen*, les mêmes traditions entrèrent dans la composition de l'*Heldenbuch* ou *Livre des Héros*, qu'on a aussi attribué à W. d'Eschenbach et à Henri d'Ofterdingen. Cet ouvrage doit être

[1] Saxo-Gramm., *Hist. Danic.*, lib. XIII, p. 239. Tunc Cantor quod Canutum Saxonici et ritus et nominis amantissimum scisset... speciosissimi carminis contextu notissimam Grimildæ erga fratres perfidiam....... famosæ fraudis exemplo.

considéré comme un recueil de fabliaux composés par différens auteurs, et rédigé sous une forme un peu différente de celle qu'on lui a donnée pour l'imprimer. Aux récits des Goths sur Attila, Hermanaric, Théodoric, Seyfrit et les rois de Worms, on a réuni dans l'Heldenbuch un grand nombre de traditions lombardes sur le roi *Rother*, l'empereur *Otnit*, *Laurin*, et autres vaillans guerriers. Les Croisades ont aussi contribué à la formation de ce recueil, et on y raconte des voyages d'outre-mer, remplis des aventures les plus merveilleuses. L'auteur, quel qu'il soit, avoue qu'il se servit d'un *ancien livre* pour composer les deux premières parties, et M. Gley conjecture que cet ancien livre était probablement la collection de Charlemagne. Théodoric, dans l'Heldenbuch, comme dans toutes les poésies de la branche allemande, est le premier des guerriers : il l'emporte en force et en vaillance sur tous les autres, et, dans les combats qui se livrent près de Worms, dans le jardin des roses, il est vainqueur même du redoutable Seyfrit[1].

L'Heldenbuch appartient proprement à l'Allemagne méridionale, mais dans le Nord de ce grand pays on rédigea aussi des poëmes analogues. La bibliothèque de Copenhague possède un manuscrit du quatorzième siècle, dans lequel on lit, en ancien saxon, l'histoire du roi Laurin, de Walberan, roi des nains, et de Théodoric. Ces récits ont de grands rapports avec ceux de la dernière partie de l'Heldenbuch, mais le recueil saxon, au

[1] Eckart., *Franc. orient.*, I, p. 867. — Mart. Crusii, *Annal. Suevic.*, T. I, pp. 219-220. W. Schlegel., *Deutsch. Museum*, pp. 27-28. — Koberstein, *Manuel de l'hist. de la litt. allem.*, pp. 40-41, trad. franç. — Loëve Veimars, *Résumé de la litt. allem.*, p. 31. — Gley, *Lang. et litt. des Francs.*, p. 8.

dire de Nyérup, donne plus de détails sur Laurin et le prince de Vérone [1].

D'anciennes chansons danoises, dont il paraît difficile de connaître l'époque, défigurent la grande catastrophe des *Nibelungen* et la transportent dans une petite île du Danemark. Elles racontent que dans l'île de *Huen*, un guerrier appelé Nogling et surnommé *Niding* donna sa fille Grimilde en mariage à *Sigfrid Horn*. L'époux mourut, sa femme passa à de secondes noces, et invita à cette solennité ses deux frères *Haquin* et *Falquard*. A leur arrivée Grimilde les fit attaquer par des guerriers qui lui étaient dévoués, et les deux frères périrent après avoir fait une résistance héroïque. Dans la suite, *Rancko*, fils de Haquin, attira Grimilde dans une caverne, sous prétexte de lui découvrir un trésor, l'y enferma et la laissa mourir de faim [2]. On voit ici que le chanteur danois a réduit à de petites proportions la grande épopée allemande. Il lui a assigné pour théâtre une petite île, située à l'entrée de la mer Baltique, il y place quatre châteaux [3], et il a mêlé dans son récit les traditions scandinaves à celles de l'Allemagne. La manière dont il raconte la mort de Grimilde rappelle un passage fort obscur de l'Edda, dans lequel Gudruna reproche à Atli d'avoir fait mourir sa mère de faim [4]. Nous verrons aussi que les Scandi-

[1] *Symbol. ad litter. Teuton. antiq.*, edit. ab Erasm. Nyerup. Hauniæ, 1787. 4°. col. 1-82. præf. pp. XVI-XVII.

[2] And. Velleius., *Centur. cantilenar. danic. de priscis regib. et reb. gestis*. Hafniæ, 1643. 8°. — Kæmpe-Viser, 1787. — Stephan., *Not. ad Saxon*, p. 230.

[3] L'île de *Huen* fut celle que le roi de Danemark donna à Ticho Brahé. Il y éleva le vaste observatoire qu'il nomma Uranibourg.

[4] *Atla-mal in Grœlensko.*, Str., LIII.

Matrem capiebas meam

naves, en transportant chez eux les récits allemands, les altérèrent et racontèrent qu'Attila avait péri de la même manière.

Nous venons de montrer que les traditions qui caractérisent la branche allemande s'étaient approchées des royaumes du Nord, qu'elles y avaient pénétré et qu'il en était résulté quelque mélange. Maintenant nous allons voir la masse entière de ces traditions transportée chez les Scandinaves, traduite dans leur langue et devenue ainsi une partie de leur littérature. Il paraît qu'au treizième siècle il existait en Allemagne un recueil considérable des aventures de Théodoric et de tous ses compagnons de guerre. C'était l'époque où les Norwégiens traduisaient un grand nombre de livres étrangers, et une de leurs sagas rapporte qu'un évêque de *Nidaros* (*Drontheim*), alors capitale de la Norwége, ayant eu connaissance de ces récits, les emporta dans son pays et les fit traduire en sa langue sous le titre de *Wilkina Saga*. On raconte que cet évêque vint en Allemagne au temps de l'empereur Frédéric II, pour le mariage de Christine, fille de *Haquin-le-Vieux*, roi de Norwége, avec un prince d'Espagne[1]. Toutes ces indications chronologiques étant fausses[2], on ne saurait ajouter foi à ce récit, mais on peut croire

Et letho dabas propter thesauros

. . . . , ...

. . . . . in antro fame enecasti.

Vid. *Edd.*, T. II, p. 873 et not.

[1] V. *Blomsturwalla Saga*, dans la préface en suédois que Peringskiold a mise en tête de la Wilkina Saga.

[2] L'empereur Frédéric II, est appelé dans cette saga *roi d'Espagne*. Il mourut en 1240, et le mariage de Christine est de l'an 1256. Elle épousa un frère d'Alphonse X, qui portait le nom de Philippe. La saga l'appelle Henri, et le dit frère de l'empereur.

que la *Wilkina Saga* fut traduite vers la fin du treizième siècle, sur les écrits en langue allemande dont elle parle en plusieurs endroits [1].

Le champ des aventures racontées dans la *Wilkina Saga* comprend l'Europe tout entière, depuis l'Espagne et l'Italie jusqu'aux régions qui entourent la mer Baltique. Le traducteur, dans sa préface, dit que cette histoire, dont l'original était en allemand, a pour sources les poëmes qui étaient autrefois chantés pour charmer les loisirs des princes. Elle commence par l'histoire de Samson, qui enleva la fille du comte de Salerne et qui fut le grand-père de Théodoric. Les aventures de Théodoric et des guerriers qui lui sont attachés y occupent la principale place. Attila, Sigurd, Chrimhilde, Gunnar, etc., y jouent aussi de grands rôles, mais les récits qui correspondent au poëme des *Nibelungen* forment une narration à part sous le titre de *Niflunga Saga*, qui la distingue du reste de l'ouvrage [2]. C'est de cette partie que nous avons principalement à nous occuper.

Dans la *Niflunga Saga*, la ville de Gunnar, roi des Niflungs, est appelée *Verniza*. Sigurd est tué par Hogni, et Chrimhilde, sa veuve, se remarie avec Attila. Sept années après cette union elle fait inviter ses frères à venir à *Susat*, capitale du *Hunnaland*. A peine Gunnar et les Niflungs ont-ils passé le Rhin, qu'ils se trouvent sur les

[1] *Wilkin Sag. procem.*, Hæcce presens historia..... reliquarum omnium germanico idiomate (Thystri tungu) conscriptarum maximè luculenta est.

[2] *Historia Wilkinensium, Theodorici Veronensis ac Niflungorum..... ex mss. codicibus linguæ veteris scandicæ, in hodiernam sueiscam atque latinam translata*, operâ, Joh. Peringskiöld. Stockholm, 1715, fol. — La Niflunga Saga commence au chap. 319, p. 434.

terres de *Rodingeir*, margrave de Bakalar : ce seigneur les accueille, se joint à eux, et bientôt ils arrivent à la cour d'Attila. Les récits du festin, de la querelle et du combat ressemblent assez à ceux qu'on trouve dans les Nibelungen. Gunnar, blessé et fait prisonnier dès le commencement de la bataille, est jeté dans une affreuse prison où il trouve la mort. Gernot tue Blodlin; Hogni tue Irung : le lieu du combat est nommé *Holmgard*, et *l'on voit encore*, est-il dit, *la paroi qui porte le nom d'Irung et la marque de la lance d'Hogni*. La mort de Blodlin entraîne Rodingeir au combat, il tombe sous les coups du jeune Gislher. Alors paraît *Thidrikur* (Théodoric) accompagné de Hildebrandt. Il veut venger son ami, et *les poëmes allemands*, dit la saga, *célèbrent ce combat, et la bonté de son épée, qui était appelée Eckisax* [1]. Hildebrandt tue Gernot et Gislher. Cependant la rage de Chrimhilde est au comble ; elle saisit un tison ardent et en frappe ses frères pour s'assurer qu'ils sont sans vie. Cette féroce action indigne Attila autant que Théodoric, et celui-ci, d'un coup de sa fameuse épée, coupe cette cruelle reine par le milieu du corps.

Théodoric voyant Hogni dangereusement blessé, lui accorde la vie, le fait porter chez lui et charge une de ses parentes de le soigner. Cette femme devient enceinte,

[1] Sax, chez les nations du nord de l'Europe, désigne une sorte d'épée (Schilter, *Glossar. teut.*, p. 695. — Scherz, *Glossar. germanic.*, col. 1366. — Wittichind. Corbeiens., I, p. 5. — *Rhote de gladio.*, *veter.*, pp. 184-218. — Un manuscrit de l'arsenal, qui contient le roman de Brut, voulant donner l'étymologie des noms Essex, Middelsexe, etc., dit :

Sexe, ce disent les Anglais
Plusieurs couteaux est en français

(Raynouard, dans le *Journal des Savans*, 1830, p. 568.)

et Hogni en mourant lui recommande de nommer leur fils *Aldrian*, et lui indique les moyens de le mettre en possession du trésor des Niflungs. Théodoric prend ensuite congé d'Attila et retourne en Italie avec son fidèle Hildebrandt. Ses aventures dans ce voyage, ses succès contre l'usurpateur de Vérone, sa conversion au christianisme, forment le sujet de plusieurs chapitres. Cependant Aldrian a grandi, et pour venger sa famille il profite du désir qui possède toujours Attila de voir le trésor des Niflungs. Par une route souterraine il le conduit au lieu qui le recèle, il l'y enferme, et malgré ses prières il le laisse périr au milieu des richesses qu'il a tant convoitées.

Ce court extrait montre que la Niflunga Saga a suivi un poëme des *Nibelungen* qui n'était pas celui que nous avons maintenant, et qu'elle a eu encore d'autres sources. En rappelant les poëmes qui racontaient les événemens de la cour d'Attila, cette saga s'exprime en ces termes : « Ainsi furent accomplis les malheurs que la reine Erka avait prédits en mourant à son époux, s'il s'alliait avec la race des Niflungs, et certes ils sont dignes d'être lus ces *poëmes théotisques*, qui font connaître les récits des habitans de Susat. Ces hommes ont rendu témoignage de la mort d'Hogni et d'Irung, et de l'affreux cachot où le roi Gunnar termina sa vie. On montre encore les ruines de la salle des Niflungs, la muraille occidentale où commença le combat, et le lieu que la vaillance d'Hogni a rendu si célèbre. Les monumens et les noms de ces choses demeurent encore. Nous avons aussi reçu des renseignemens des hommes les plus estimés de *Brême et de Munster* [1], qui, sans aucune communication avec ceux dont nous venons de parler, se sont accordés avec eux, et l'on ne saurait

[1] *Brimum eda Mœnsterborg.*

douter de la vérité de ces traditions populaires, qui ont été écrites dans la *langue théotisque* [1]. » Dans un autre endroit la *Wilkina Saga* [2] décrivant l'armure de Sigurd, dit qu'il portait un dragon sur ses armes, « parce qu'il s'était acquis une gloire immortelle en tuant un énorme serpent qui était appelé Fafni par les Warenges [3]. » Elle ajoute que « les anciennes histoires assignent à Sigurd le premier rang parmi les héros, et que sa renommée, à jamais durable, est célébrée en langues étrangères, par tous les peuples qui habitent au nord de la mer de Grèce [4]. »

Nous abandonnons la comparaison des faits contenus dans la Niflunga Saga avec ceux des autres récits; mais nous examinerons un point de géographie. On a vu que le poëme des *Nibelungen* désigne clairement la résidence d'Attila comme étant située en Hongrie, et qu'il s'accorde fort bien là-dessus avec l'histoire. Les Scandinaves ne sont point aussi exacts : ils connaissent le Rhin, et ne placent pas fort loin de ce fleuve la demeure d'Attila. Dans l'Edda, le voyage de Gudruna, depuis Worms jusqu'à la capitale de son second époux, se fait dans l'espace de vingt-un jours [5], mais celui de ses frères semble beaucoup plus court. Ils partent par le Rhin, et peu après avoir pris terre [6] ils voient le palais d'Attila. Dans un

[1] Thyderstri tungu. — *Niflung. Sag.*, cap. 367, p. 494.

[2] Cap. 166.

[3] Waringi, *les Scandinaves.*

[4] Sigurd est pour les hommes du nord le type du courage. Dans un dialogue (du treizième siècle) entre un guerrier norwégien et un démon, celui-ci répond que de tous les personnages qui souffrent en enfer, Sigurd, vainqueur de Fafni, est celui qui supporte les tourmens avec la fermeté la plus héroïque (*Script. histor. Islandor. de rebus gestis veter. Boreal.*, T. III, p. 198).

[5] *Quida-Gudrunar*, II, 36, p. 318.

[6] *Atla-mal.*, 35, p. 438 : parvo autem indè spatio.

autre passage, il est dit qu'ils traversèrent une sombre forêt[1]. Toute cette géographie est très-vague ; mais lorsque les Scandinaves traduisirent les écrivains allemands, ils se permirent de bien plus graves altérations. La *Niflunga Saga* place la *Hunnia* ou *Hunnaland* dans les pays appelés maintenant Frise et Westphalie. La capitale d'Attila, qu'elle nomme *Susat*, est la ville actuelle de *Sœst*[2], et par une conséquence de ces déterminations, *Rakalar* (Pechlarn), résidence de Rodingeir, doit être transportée à peu de distance du Rhin. Aussi nous avons vu que la même saga appelait, en témoignage des aventures des Niflungs, les habitans de Brême et de Munster. Ajoutons qu'elle raconte que, lorsque les rois de Worms quittèrent leur demeure, ils marchèrent jusqu'au confluent du Rhin avec la Duna. Assurément de toutes ces licences géographiques, la plus étonnante est celle qui transporte la résidence royale d'Attila de la Hongrie en Westphalie. On peut cependant expliquer, au moyen do l'histoire et des monumens, comment cette erreur a été commise.

Il paraît que les migrations des Huns portèrent une partie de cette nation dans le nord-ouest de la Russie. Des conjectures probables font présumer que ces Huns passèrent en Suède, et que, chassés de ce pays par la famine, ils vinrent s'établir, vers le septième siècle, entre

[1] *Atla-quida.*, 13. — Mirkvidr, *La forêt noire*. V. Suhm. *Not. ad. calc. Hervor. Sag.*, p. 258. — Dithmar. Merseburg., *Chron.*, p. 142, ed. Wagner., cum not. Ursini. Norimberg., 1807, 4°.

[2] Susat., Susatum., Civitas Susatensis (Godefrid, Monach. ad ann., 1225, ap. Freher. *Corpus Hist. med. œvi.* T. I, p. 394. — *Æneæ Sylv. de Stat. Europ.* c. 29. — Cluver., *Introd. ad geogr.*, p. 253), aujourd'hui *Sœst*, dans le Comté de la Marck, en Westphalie, fut jadis distinguée parmi les villes anséatiques, et célèbre par ses lois.

le Rhin et l'Elbe. C'est dans cette région qu'on trouve un grand nombre de tombeaux, qui y sont désignés par les noms de *Hunen-Bedden* et de *Hunen-Knap*, et ces dénominations mêmes semblent les rapporter aux Huns [1]. A l'époque où les Norwégiens traduisirent les poëmes allemands, les souvenirs de la *Hunnie* de Westphalie n'étaient pas entièrement effacés, et ils y placèrent la royale demeure d'Attila.

Ce n'est pas seulement dans les langues du nord de l'Allemagne qu'on a raconté les prouesses des guerriers d'Attila. Les auteurs qui, au moyen âge, s'efforçaient d'écrire en latin, ne dédaignèrent point ces sujets, qui auraient pu leur paraître barbares; ils traduisirent ou imitèrent les chants de la Germanie, et il nous reste un poëme épique sur les aventures de Walther, prince d'Aquitaine, qui fut un des otages livrés à Attila et élevé à sa cour [2].

Il y a beaucoup d'incertitude sur l'auteur de ce poëme. On sait positivement que le plus ancien des moines de Saint-Gall qui ont porté le nom d'Ekkéhard, écrivit au dixième siècle en vers latins, *la Vie de Walther à la*

[1] Graberg de Hemsö, *Doutes et conject. sur les Huns du nord*, Florence, 1810, 8°, et dans le *Magaz. Encycl.*, 1811, T. III, p. 307-339. — Malte Brun. *Ann. des Voy.*, T. VI, p. 347-358. — Keisler. *Antiq. septent.*, pp. 102-103. — Gaillardot et Percy, dans le *Magaz. Encycl.*, 1811, T. III, pp. 63-74. — *Notice d'un ancien tombeau en Westphalie*, dans les *Ann. des Voy.*, T. IX', pp. 361-367. — Regnoul, dans les *Mémoires des antiquaires de France*, T. I, p. 449 et suiv.

[2] *De primâ expeditione Attilæ in Gallias*, edid. F. Chr. Fischer. 1780. 4°. — Continuat. Lips., 1792. 4°. V. J. Galeani Napione, Lips., *Lettera in Ciampi. Vit. di Cino da Pistoia.*, Pisa, 1813, pp. 164-165. — Harles., *Suppl. ad brev. Not. litter. Roman.*, part. II, p. 393. Meusel., *Bibl. Hist.*, V. I, p. 344. — Harles et Meusel indiquent plusieurs articles à consulter dans les journaux allemands.

forte-main (Vita Waltharii manu fortis), et que cet ouvrage, qui se ressentait de la barbarie teutonique, fut corrigé à Mayence, d'après les ordres de l'archevêque Aribon, par Ekkéhard IV, qui vivait au onzième siècle [1]. D'un autre côté, un manuscrit du poëme de Walther, semblable, à quelques variantes près, à celui que Fischer a publié, porte une préface de vingt-deux vers, par laquelle un *Geraldus*, fort inconnu, présente cet ouvrage à Erckambald, à qui il donne le titre de *Sacerdos*. Lui-même s'intitule :

Peccator fragilis Geraldus nomine vilis,

sans dire précisément que le poëme qu'il offre soit de sa composition. Ce manuscrit fut écrit au douzième siècle, et plus tard on y ajouta une inscription qui porte que saint Gérald, religieux de Fleuri sur Loire, paraît (*ut videtur*) être l'auteur de cet ouvrage [2]. D'après cela Gérald a pris place dans l'histoire littéraire, et son ami ou protecteur Erckambald, a été reconnu, à droit ou à tort, pour l'archevêque de ce nom, qui siégeait à Tours vers la fin du dixième siècle. Ce seul témoignage n'aurait pas suffi pour établir que le moine de Fleuri était l'auteur de ce poëme, mais d'autres manuscrits se joignent à celui de Paris pour confirmer cette opinion, et forment, par leur accord, une autorité qui nous paraît être d'un grand poids [3].

[1] *Casuum Sancti-Galli*, continuat. I, auct., Ekkehard., IV°, p. 118, cum not. Ild. ab Arx. apud Pertz., *Monum. German. hist.*, T. II. — Anonym. Mellicens. *de Script. Eccl.* cap. 70, ad calcem B. Pez, *Bibliot. Benedict.*

[2] *Bibl. Reg.* Paris. cod. lat. Colbert, n° 6388 nunc 8488 *A*, in-12°, sur vélin, 35 feuillets; à la fin on lit ces mots : *Explicit lib. Tifridi epi Crassi de civitate nulla.*

[3] *Hist. littér. de la France*, T. VI, p. 438. — Manuscrit de Carls-

Cela n'empêche point que les Ekkéhard de Saint-Gall n'aient composé aussi une *Vie de Walther à la forte main*; mais nous sommes enclins à penser que l'ouvrage de ces religieux n'est point celui que nous avons, et dont Fischer a été le premier éditeur. L'épisode de Walther, qui forme un des anneaux du cycle d'Attila, peut avoir été l'objet des travaux de plusieurs poëtes, et l'on trouve dans la chronique de la Novalèse un éloge de ce guerrier, en huit vers, qui pourrait bien appartenir à une troisième composition latine sur le même sujet, dont l'auteur (*Sapiens versicanorus*) serait demeuré inconnu [1].

Les premiers éditeurs du poëme de Walther exagéraient son antiquité. Fischer le croyait du sixième siècle, et Molter rapportait au neuvième le manuscrit de Carlsruhe, qui, mieux examiné, a été reconnu pour être du onzième siècle.

Galeani Napione jugeait que cet ouvrage était d'origine italienne, tandis que Fischer pensait qu'il avait été composé en France. Il rendait son opinion probable en faisant

ruhe du onzième siècle, provenant de l'abbaye de Reichenau. — Manuscrit de Bruxelles du onzième siècle, autrefois à l'abbaye de Gemblours, et intitulé : *Geraldi liber duorum Sodalium Waltharii et Haganonis* (V. les notes de MM. Pertz et d'Arx sur l'ouvrage d'Ekkehard IV. — Buchon, *Quelques souvenirs de courses en Suisse*, pp. 431-432). Le baron Joseph de Lassberg, littérateur distingué, qui habite le château d'Eppishausen en Thurgovie, s'occupait d'une édition du poëme de Walther (*Orellii præfat. ad Hilperic.* — Turici, 1832, 8°), et pensait que Gérald *n'a été qu'un plagiaire impudent. Il avait pris copie, à ce qu'il paraît, de la traduction d'Ekkéhard IV, pendant un séjour qu'il fit à Saint-Gall : il l'emporta avec lui dans son abbaye, et à son retour il dédia cet ouvrage comme sien....* (Buchon, *ibid.*). — Il ne nous paraît pas certain que le poëme d'Ekkéhard soit le même que celui de Gérald.

[1] *Chronic. Novalic.*, cap. VII, fol. 704, apud Murator. *Scrip. rer. Ital.*, T. II, part. II.

remarquer dans ces vers des expressions qu'il rapportait à la langue celtique [1]. Mais quel que soit l'auteur de ce poëme, il ne tira son sujet, ni des historiens, ni des chroniques, et il est évident qu'il ne put lui être fourni que par les chants allemands qu'il traduisit ou imita. Il semble même quelquefois se référer à des autorités antérieures, c'est-à-dire à des poésies plus anciennes [2].

Les événemens du poëme de Walther se placent immédiatement avant la catastrophe des rois de Worms : ils se lient aux aventures d'Attila, et l'on en retrouve la trace dans les récits allemands des temps postérieurs. Walther, otage chez Attila, était fils d'Alphere, roi d'Aquitaine. Gibico, roi des Francs de Worms, n'ayant qu'un fils en trop bas âge, avait livré au roi des Huns le noble Hagano, descendant des Troyens, et Herric, roi de Bourgogne, résidant à Châlons, lui avait aussi remis sa fille Hiltgund. Attila, qui est appelé indifféremment roi des Huns ou des Avares, est dépeint comme un modèle de noblesse et de modération : il n'a de violence que contre ceux qui lui résistent, et se conduit en père avec les otages qu'il a reçus. Gibico, roi des Francs, meurt, Guntharius son fils lui succède : il refuse d'acquitter le tribut promis à Attila, et Hagano s'échappe de la Pannonie pour rejoindre à Worms le nouveau roi. La guerre s'allume, Walther commande l'armée des Huns, et remporte sur Guntharius une grande victoire. Cependant le désir de revoir sa patrie le tourmente, et il communique ses projets à la princesse de Bourgogne, qui lui a été promise dès son enfance. Il la détermine à fuir avec lui, et l'enlève après avoir enivré dans un festin Attila et tous les Huns. Ces

[1] *Præfat.*, p. VI et XIII.

[2] v. 685. Quem *referunt quidam* Scaramundum nomine dictum.

deux amans arrivent devant Worms : le roi Guntharius, qui veut s'emparer d'Hiltgund et de ses trésors, fait successivement attaquer Walther par ses plus vaillans guerriers, mais le prince d'Aquitaine est invincible, et malgré ces combats, dont la description forme une grande partie du poëme, il parvient à rentrer dans ses états, où il épouse Hiltgund et règne pendant trente années [1].

On reconnaît aisément dans Gibico, roi de Worms, le Gibica de la loi des Bourguignons, le Giuk de l'Edda, le Giebich des Nibelungen. Son fils Guntharius est le Gundahar ou Gundicarius des historiens, le Gunnar de l'Edda et le Gunther des Nibelungen. Hagano, descendant des Troyens [2], ne peut être que le redoutable guerrier appelé Hogni dans l'Edda, et Hagen de Troneg ou de Tronje dans les Nibelungen [3].

Il faut ici remarquer que le poëte latin appelle Francs les habitans de Worms, mais lorsque Walther voit s'avancer contre lui les guerriers de cette ville, il s'écrie :

Non assunt Avares hic, sed Franci Nebulones cultores regionis,

et l'on retrouve dans ce vers le nom des Nibelungen. Il est plaisant de voir Fischer prendre cette dénomination pour une injure, et entasser de l'érudition pour prouver que les Francs la méritaient.

Mais si le nom des *Nibelungen* se retrouve ainsi dans

[1] Ce poëme a 1452 vers dans l'édition de Fischer. Le latin en est barbare et quelquefois inintelligible. — Frid. Molter l'a traduit en allemand sous le titre de *Prinz Walther von Aquitanien*, 1782, 4°.

[2] v. 27, Nobilis hoc Hagano. . . . . . .
. . . . . . veniens de germine Trojæ.

[3] Le nom de Hagano peut dériver de *Hagan*, qui, dans l'ancien allemand, désigne l'arbrisseau épineux appelé Paliure (Schilter, *Gloss. teuton.*, col. 417. — Scherz., *Gloss. germanic.*, col. 590), et le poëte latin fait deux fois allusion à cette étymologie.

v. 1347, O Paliure, virens foliis, ut pungere possis.

v. 1417, Hic tandem Hagano spinosus.

le poëme de Walther, ceux de ce héros et de son amante se lisent aussi dans le poëme allemand, et Walther y est désigné comme espagnol. Les mêmes aventures font partie de la Wilkina Saga, ce grand recueil de la chevalerie allemande. On y voit que Walther de Waskastein [1], cousin de Dietrich de Berne, avait été donné dans son enfance en qualité d'otage à Attila par son oncle *Ermenric* roi de *Pouille* (Puli). Il enleva de *Susat*, capitale des Huns, Hildegunde, fille d'Ilia, comte de Grèce, nièce d'Osantrix roi des Wilkiniens et des Russes, et après avoir tué onze guerriers qui avaient été envoyés à leur poursuite et blessé Hogni qui était avec eux, il arriva avec son amante chez *Ermenric*, qui trouva les moyens d'apaiser Attila [2].

Les aventures du prince d'Aquitaine se répandirent dans l'Europe, en rayonnant depuis l'Allemagne dans toutes les directions. Nous venons de les trouver à l'occident dans le poëme latin qui paraît avoir été composé sur les bords de la Loire; la Wilkina Saga les montre au septentrion, et nous allons les rencontrer encore à l'orient chez les Polonais et au midi en Italie. Mais avant de les suivre dans ces régions, remarquons que l'ouvrage latin dont nous nous occupons, composé au dixième siècle, d'après des poésies allemandes plus anciennes, ne peut laisser aucun doute sur la connaissance que Charlemagne dût avoir de ces dernières, ni par conséquent sur la nature du recueil qu'il fit faire.

Les nations slaves, en recevant de l'Allemagne les récits sur Walther les altérèrent, et les Polonais mirent le héros aquitain au rang de leurs compatriotes. Voici ce

[1] Waskastein, Vasconia, la Gascogne.

[2] *Wilkina Saga*, cap. 84-87, pp. 156-160.

que raconte Boguphal, évêque de Posnanie, au treizième siècle. Dans le royaume des Lèchites, au temps du paganisme, *Walgersz Wdali* (Walther-le-Fort) possédait le château de Tiniec, près de Cracovie. Ce comte avait fait prisonnier Wislans-le-Beau, prince de Wislicia, de la race de Popiel, et il avait pour femme Helgonde, fille d'un roi des Francs. Cette princesse avait préféré Walgersz au fils du roi d'Allemanie. Le seigneur de Tiniec était venu pendant trois nuits chanter sous les fenêtres d'Helgonde, l'avait enlevée, avait traversé le Rhin avec elle, et avait tué son rival qui s'était opposé à sa fuite. Pendant une absence de son époux, Helgonde eut la curiosité de voir Wislans, elle en devint éprise, le mit en liberté et le suivit à Wislicia. Walgersz à son retour y vint aussi pendant que Wislans était à la chasse; Helgonde feignit d'abord de le bien recevoir, mais ensuite elle le livra à Wislans qui le fit lier à des anneaux de fer scellés dans le mur d'une prison, et pour augmenter son supplice les deux amans le rendaient souvent témoin de leur tendresse. Une sœur de Wislans, qui était fort laide, eut pitié du prisonnier et lui promit de le délivrer s'il s'engageait à l'épouser. Elle détacha ses chaînes et lui apporta son épée. Le lendemain Wislans et Helgonde vinrent dans la prison de Walgersz, mais celui-ci s'élançant sur eux les pourfendit l'un et l'autre d'un seul coup de son épée. On montre encore aujourd'hui, dit l'historien du treizième siècle, le tombeau d'Helgonde dans le château de Wislicia[1].

Le poëme de Walther fut apporté en Italie, et il y eut le sort qu'éprouvèrent plus tard beaucoup d'autres romans; il fut translaté en prose. Un moine de la Nova-

[1] Boguphal., *Chronic. Poloniæ, in Sommersberg.*, *Script. rer. Silesiac.*, T. II, pp. 37-39.

lèse en orna, au onzième siècle, la chronique de son couvent, et en cita textuellement un grand nombre de vers. Le monastère de la Novalèse ne fut fondé qu'au huitième siècle [1], mais cela n'empêcha pas le bon religieux de raconter que Walther, contemporain d'Attila, y vint expier ses péchés, qu'il y donna l'exemple le plus parfait de douceur et de prudence : qu'il s'y appliqua à la culture des légumes, et que, dans sa vieillesse, ce moine jardinier (*monachum olitorem*), chargé par son supérieur d'une mission délicate, déploya la même valeur qui l'avait jadis illustré. Dans un autre chapitre le chroniqueur fait vivre Walther *au temps du roi Didier*, et l'on peut remarquer encore dans son récit une scène touchante entre le héros et son vieux cheval de bataille. Enfin on y lit que Walther termina ses jours à la Novalèse et fut enseveli, ainsi que son petit-fils, dans le sépulcre qu'il avait creusé de ses propres mains [2].

On peut, à juste titre, être surpris de ne trouver en Italie aucun autre souvenir des anciennes poésies gothiques et allemandes dont nous recherchons les traces. La domination des Goths et des Lombards, la puissance de la maison d'Este, qui s'étendit sur plusieurs pays de l'Allemagne, tant de relations actives entre le nord et le midi des Alpes, semblaient devoir faciliter à l'Italie

[1] Mabillon, *Annal. Benedict.*, T. II, ad ann. 739. — Id. *de re Diplomat.* lib. VI, n° 62.—Murator. præfat. ad *Chron. Noval*, T. II, part. II, *Script. rer. Ital.*

[2] Murator., *Script. rer. Ital.*, T. II, part. II, col. 704-709. — *Id. Antiq. med. ævi.*, T. III, dissert. 44, col. 964-973. — *Piemontesi illustr.*, T. IV, p. 165 et seq. — Ciampi, *Vit. di Cino*, pp. 165-170, not. — On trouve dans les deux derniers ouvrages l'extrait que M. Galeani Napione a fait du roman de Walther, d'après la chronique de la Novalèse. Un savant italien prépare une nouvelle édition de cette chronique.

la connaissance des chants septentrionaux. L'invasion d'Attila, la ruine d'Aquilée ont bien fourni le sujet de quelques romans en prose et en vers, écrits en langues provençale, française et italienne[1], mais tous ces ouvrages n'ont aucun rapport avec les poésies allemandes : les personnages et les faits y sont absolument différens. Le plus remarquable de ces romans composés en Italie, est en même temps le plus inconnu. Quoiqu'il soit en langue française il porte le titre latin de *Atila flagellum Dei*, et il fut écrit en 1358 par *Niccolo de Casola* de Bologne, qui prétendit avoir tiré ses matériaux de la chronique que Thomas d'Aquilée avait composée par ordre du patriarche Nicétas. Muratori en a cité quelques vers, et le manuscrit unique se trouve dans la Bibliothèque de Modène[2]. Rien dans ce poëme ne rappelle les traditions allemandes[3], et si J.-B. Pigna, qui, dans son histoire de la maison d'Este, s'annonce pour suivre Casola[4], nomme Chrimhilde, fille du roi de Thuringe[5], ce n'est point le poëte bolonais qui la lui a fait connaître.

L'histoire nous apprend que Théodoric-le-Grand, ce principal personnage des poésies allemandes du moyen âge, devint roi des Ostrogoths vers l'an 457, à la mort

[1] Quadrio. *Stor. d'ogni poes.*, T. IV, p. 589. — Fontanini, *dell' Eloquenza italien.*, lib. I, cap. XIII, pp. 42-43. — Haym, *Bibl. Ital.*, T. II, p. 32.

[2] Muratori, *Antich. Estens.*, præf., p. xx.

[3] Je dois cette certitude à l'extrême obligeance de MM. Lombardi et Galvani, bibliothécaires du duc de Modène. Ils ont bien voulu, à ma prière, parcourir le gros volume de Casola. C'est vraisemblablement des *Annales Boiorum* d'Aventin, publiées en 1554, que Pigna a tiré la mention qu'il fait de Chrimhilde.

[4] Pigna, *Hist. de' Princip. di Este*, 1570, in-fol., p. 24.

[5] Pigna, *Ib.*, pp. 8 et 9.

de Théodemir, qui était son père ou son oncle ; mais les romanciers allemands ont singulièrement embrouillé sa généalogie. Ils racontent qu'un chef Amale, nommé *Vandalaric* et surnommé *Samson*, épousa la fille de *Rudiger*, duc de Salerne, et que de cette union sortirent *Ermenric*, Dithmar, roi de Vérone, et une fille dont on ne dit pas le nom. Dithmar eut pour fils *Dietrich de Vérone*, et la fille de Samson devint mère de *Walther de Waskastein*. Ermenric, à l'instigation d'Odoacre, força Dietrich à se retirer auprès d'Attila, qui le rétablit plus tard dans la possession de Vérone [1]. Ses états, dans le nord de l'Italie reçurent le nom de sa race et furent appelés *Amelungia* ou *Amelungaland* [2].

Les sagas d'origine allemande représentent Théodoric comme doué d'une force et d'une taille plus que humaines. Il n'avait pas de barbe, mais une superbe et abondante chevelure blonde couvrait sa tête ; il avait des yeux bleus, des sourcils noirs, la taille mince et les membres de conformation athlétique [3]. On prétend qu'un magicien évoqua devant Charlemagne plusieurs héros des siècles passés, et que Théodoric apparut sous une forme très-ressemblante à ce portrait [4]. Celui qu'Ennodius trace de ce prince, dans le panégyrique qu'il prononça en sa présence, ne s'accorde

[1] Peringskiold, Not. ad *Cochlæi Vit. Theodor.*, pp. 271-277.— *Chronic. Quedlinburg.*, in Leibnitz., *Script. rer. Brunsvic.*, II, p. 237. — *Chronic. Ursperg.*

[2] *Wilkin. Sag.*, cap. XXXII, p. 74.

[3] *Wilkin. Sag.*, pp. 23-24. — Peringskiol, ibid., p. 241.

[4] Peringskiold, Not. ad *Vit. Theod.*, pp. 242,269,270 : In eandem fere sententiam mutato paulisper verborum ordine et structurâ...... descripserat Widforulus, qui alio nomine vocabatur Magus Jarlus, cum imaginem ejus coram Carolo-Magno Cæsare repræsentaturus erat, prout prolixius relatum est in Annalibus Ormi Snorronidæ..... inter cimelia librorum mss. Regii Collegii Antiquitatis...

avec ces détails romanesques que sur l'éminence de la taille. Il vante son teint blanc et coloré, et son visage qui, foudroyant dans la colère, était d'une beauté sans nuage dans la joie[1]. Suivant les sagas, Théodorie fut couronné à Rome, et on lui éleva une statue qui le représentait monté sur son cheval *Falko*[2]. Cet animal était célèbre dans les romans et dans les fables superstitieuses auxquelles l'arianisme des Goths donna naissance. Il portait, dit-on, son maître quand il descendit aux enfers, et lorsque saint Jean et Symmaque le précipitèrent dans le cratère de l'Etna[3]. Une chronique raconte aussi qu'à la fin du douzième siècle, Théodoric, monté sur son cheval noir, apparut sur les bords de la Moselle[4].

Ce n'est pas seulement aux Scandinaves, aux Français, aux Italiens, aux Polonais, que les Allemands transmirent leurs récits poétiques sur Attila et Théodoric. Ils les communiquèrent encore aux Hongrois, nation moins ancienne en Europe, et étrangère à toutes les autres par son origine et par sa langue. Les Madgiars avaient, comme les autres peuples, leurs poésies, leurs jongleurs et leurs chansons populaires[5]. Ils trouvèrent leur nouveau pays rempli des récits sur Attila et Théodoric; ils les adoptèrent en les modifiant, et plus tard ils les employèrent comme documens historiques[6]. Ils racontent

1 ..... In irâ sine comparatione fulmineus, in lætitiâ sine nube formosus.

2 *Wilkin. Sag.*, cap. 380.

3 Otton. Frising., *Chron.*, V, 3. — Rymbegla., part. III, cap. 32, p. 425.

4 Godefrid Colon. in Freher. *Rer. Germ. Script.* I, p. 361.

5 *Notar. Regis Belæ.*

6 Joh. de Thwrocz., *Chron. rer. Hungar.* — Nic. Olahi, *Atilla*, cap. II et IV.

que Théodoric s'unit d'abord aux Romains contre les Huns, et qu'à la bataille de Kesmawr il reçut une blessure au front qui le fit surnommer *Halhatatlan Détreh*, c'est-à-dire *l'immortel Théodoric*. Lorsque Attila devint roi, Théodoric se soumit à lui : il fut dès lors son compagnon fidèle et épousa sa nièce [1]. Attila laissa deux successeurs; *Chaba*, qu'il avait eu de la fille de l'empereur Honorius; et Aladaric, qui était fils de Chrimhilde [2]. Dietrich de Vérone excita ces deux princes à se faire la guerre, et fut cause, par son astuce, de la ruine de l'empire des Huns. La grande bataille que se livrèrent les fils d'Attila dura pendant quinze jours, et le nom de *Prælium Crumhelt* qu'on lui donne, peut faire croire qu'elle représente le combat fatal des *Nibelungen*. Les Hongrois vantent l'éclat inaltérable d'un casque, que Théodoric avait conquis sur des géans qui habitaient une caverne située près de Vérone. Tout ce qui lui appartenait était merveilleux, et la Wilkina Saga, qui parle aussi de ce casque, décrit sa fameuse épée, qui n'avait pu être trempée qu'après qu'on eut parcouru neuf royaumes pour trouver l'eau la plus convenable à sa fabrication [3].

Nous ne poursuivrons pas plus loin les anciennes traditions sur Attila et Théodoric. Elles ont traversé tout le moyen âge, et forment une chaîne poétique, qui, depuis les temps rapprochés de ces rois, parvient aux âges modernes. Les poëmes, les contes, les chansons sur Attila,

[1] Nic. Olahi, *Atilla.*, cap. XVII. — L'histoire apprend que la femme de Théodoric était fille de Clovis.

[2] Joh. de Thwrocz, *ibid.* — Cet auteur a suivi Simon Kéza qui, au treizième siècle, composa une chronique des Hongrois. Il annonce qu'il tire ses récits *ex antiquis libris de gestis Hungarorum*.

[3] *Wilk. Sag.*, p. 100.

Dietrich de Berne, Sigfrid, ont fait dans la vaste Allemagne, et pendant plusieurs siècles, l'amusement de tous les rangs de la société, depuis les princes jusqu'aux artisans et aux laboureurs [1]. Le père du théâtre allemand, Hans Sachs, fit de Sigfrid le sujet d'une de ses nombreuses tragédies, et depuis le quinzième siècle ce héros invulnérable, le prince de Vérone et le roi des Huns remplissent les nombreuses histoires fabuleuses que l'imprimerie fournit sans cesse à la curiosité du peuple.

En terminant ici nos recherches sur les récits poétiques dont l'origine remonte aux Goths d'Ermanaric, d'Attila et de Théodoric, nous sommes bien éloignés de prétendre avoir épuisé cet intéressant sujet. Nous déclarons au contraire que nous n'avons fait que l'effleurer, et que nous connaissions d'avance la faiblesse de l'esquisse que nous pouvions en tracer. C'est dans les écrits des savans de l'Allemagne qu'on peut trouver des notions complètes, des recherches approfondies et des conjectures ingénieuses sur les développemens successifs de ces traditions épiques du moyen âge. Leurs

[1] Aventin., *Hist. Boior*, p. 165. — *Chron. Quedlinb.* apud Leibnitz. *rer. Brunsv.*, II. p. 237. — Fischer., *Not. ad Attilæ prim. exped. in Gallias*, p. 42. Ce dernier auteur cite la chronique manuscrite de Strasbourg qui dit que les paysans parlaient et chantaient beaucoup de Dietrich de Berne. — Wolfg. Lazii, *De Migrat. gent.*, p. 686. — Goldast. *præf.*, T. III, *Const. Imp.* Nemo princeps cujus quidem memoria superest, Theutonorum carminibus celebratior ullus fuit, quæ passim adhuc à vulgo nostro in Germaniâ, Daniâ, Suediâ et Hungariâ decantantur. — Theod. à Niem., *De Schismate inter Urban. et Clement.*, lib. III, cap. VIII, p. 62...... Theodoricum Alemani dilexisse videntur, quem adhuc Theodoricum de Berne Germaniæ vulgus appellat, necnon quasdam de ipso cantilenas in vulgari Theutonico ad ipsius regis laudem dictaverunt, quæ adhuc plerumque per rusticos et mæchanicos decantantur.

ouvrages n'étant pas généralement connus, nous avons cru pouvoir risquer l'essai qu'on vient de lire, mais nous reconnaissons sans peine que nous ne possédons ni l'érudition, ni les secours qui seraient nécessaires pour exposer d'une manière satisfaisante la marche de ces traditions. Notre seul but a été de donner de nouvelles preuves de l'existence d'une ancienne littérature gothique, et de faire voir qu'elle ne se bornait pas seulement à des traductions de la Bible et à des commentaires théologiques. Nous avons voulu montrer que les Goths si cultivés en Mœsie ne l'étaient pas moins à la cour d'Attila, et que leurs chants, fort supérieurs à ceux de tous les peuples barbares, furent l'origine de ce réseau de traditions et de poëmes, qui s'étendit sur toute l'Europe, et intéressa si vivement toutes les classes de la société, en se mettant à la portée de toutes, sous forme d'odes, d'épopées, de récits ou de chansons populaires. On retrouve des transformations analogues dans les romans de chevalerie, quoique leur origine soit bien différente, et cette mutation continuelle de forme était un caractère et un besoin du moyen âge. Si cet essai excitait la curiosité et attirait sur le même sujet l'attention de quelque littérateur plus en état de le traiter dans toute son étendue, notre but serait atteint et notre espérance dépassée.

F.

www.ingramcontent.com/pod-product-compliance
Ingram Content Group UK Ltd.
Pitfield, Milton Keynes, MK11 3LW, UK
UKHW021623260726
13994UKWH00003B/1039

9 782329 484051